Just Because!

ジャストビコーズ！

Hajime Kamoshida

デザイン／五十嵐ユミ

Chapter 1
On your marks!

1

シャーペンの先端が心地よいリズムでノートの上を滑り、アルファベットの単語を綴っていく。曲線は流れるように、直線は軽快に。

躓かずに問題を解けているときの頭の中が澄んだこの感覚が美緒は好きだった。

二学期の終業式が終わった放課後。

クラスメイトのみんなが帰ったあとの教室には、美緒に話しかけてくる友人もいない。廊下を通り過ぎる生徒の気配もしばらくはなかった。

文字を書く音と、教室を暖めてくれる空調の音だけが静かに聞こえている。

次の問題を解こうと思い、参考書のページをめくる。それとほぼ同時だった。集中していた美緒の意識に、金属音が割り込んできたのは……。

バットがボールを捉える音。だけど、甲子園を盛り上げるような快音じゃない。ボールを弾いただけの芯を外した当たり損ない。

窓の外に目を向ける。三階の教室からは、十二月の青白い空と、その下にある柏尾川高校のグラウンドがよく見えた。

いつもの放課後だったら、野球部とサッカー部が半分ずつ使っている空間に、今日はぽつん、ぽつん、ぽつんと三つの人影があるだけ。

三人とも制服姿の男子で、三人とも元野球部の三年生だ。美緒が彼らのことを知っているのは、三人ともクラスメイトだから。

その中のひとりを、美緒は横目に映すようにして見ていた。バッターボックスに立つ短髪長身の男子生徒。マウンドに立つ小柄なピッチャーに向かって何か叫んでいる。

机の上に置かれた美緒の手は、無意識に消しゴムに伸びていく。人差し指と中指の間に捕まえると、感触を確かめるように美緒は消しゴムを転がしはじめた。

四角い消しゴムは、角で踏ん張りながらも、美緒の手の中で二回、三回と転がされる。その手が止まったのは、教室に入ってくる誰かの気配に美緒が気づいたときだった。

ぱっと消しゴムからも手が離れる。

「美緒、まだ残ってたんだ」

教室に入ってきたのは、仲のいい友人の早苗(さなえ)だ。居残りで担任と面談をしていて、今、戻ってきたのだと思う。

「予備校まで時間あるし、これ、やってようと思って」

長い髪を揺らしながら前の席までやって来た早苗に、美緒は英語の参考書の表紙を見せた。

「まゆとももは？」

　納得した様子の早苗は、先に帰った友達のことを聞いてくる。クラスの中では、真由子（まゆこ）と桃花（ももか）、早苗と美緒の四人がひとつのグループになっていた。

「カラオケだって」

「いいなー、私も進路、専門学校にして遊べばよかった」

　ため息交じりの早苗の横顔は、いつになく気だるげだ。普段からさばさばした性格の早苗には、そういう表情が不思議と似合う。同級生の中でも見た目の印象が大人っぽいのだ。

「面談、なんか言われた？」

「そろそろ現実見ろって。模試の判定も悪いし……あ～あ、高校ってもっとなんかあると思ってたのにな。このまま受験だけして、卒業まっしぐらじゃん」

　窓枠に寄り掛かるようにして早苗が外を眺めている。

「相馬（そうま）たち今日もやってんだ」

「ホームラン打つまでやるんだって」

参考書に視線を落とし、なんでもないように美緒は返事をした。でも、なんでもないを意識している時点で、早苗が口にした名前を美緒が意識しているのは明らかだった。

「え？　今？」

「わけわかんないことするよね、男子」

美緒の指先は、再び消しゴムに触れている。無意識に。

「ま、なんでもいいけどさ。あ、私、もう予備校行くけど、美緒は？」

「んー、キリいいとこまでやってく」

「そ、じゃあ。またあとでね」

小さく手を振った早苗が鞄を肩にかける。それと同時に、美緒も席を立った。

「ん？」

早苗の疑問の視線に、美緒は「とりあえず、糖分補給」と短く答えた。

昇降口で早苗と別れると、少し薄暗い下駄箱の前には美緒だけが残った。中央棟と北棟の内側にあたるこの場所は、校舎の構造上どうしても太陽の光が入りづらくて、どの時間帯もほんのり暗い。その壁際で健気（けなげ）に商品を照らし続ける自販機には存在感があった。

たまっていた十円玉を一枚ずつ投入口に入れていく。

小銭入れが軽くなったところで、イチゴ牛乳のボタンを押した。

勉強をしていると甘いものを体が欲するのだ。

落ちてきた紙パックをトレイから取り出して、昇降口の天井を支える大きな柱に背中から寄り掛かる。挿したストローに口をつけると、体の真ん中を落ちていく冷たさが、暖房のぬくもりでだらけていた細胞を起こしてくれる。遅れてやってきた甘い香りが受験勉強で疲れた心と体を癒やしてくれた。

ささやかな幸せを美緒が満喫していると、さっきまで音合わせをしているだけだったトランペットの音が、聞いたことのある演奏をはじめた。遠くで鳴っている音色。音楽室は中央棟とクランク状に繋がった南棟の一階奥にある。この調べはもっと上の階から聞こえている気がした。

パート練習は楽器ごとに分かれて行うので、たぶん、そのせいだろう。

「まだ、部活出てんのかな……」

クラスメイトの『彼女』は、今日もトランペットケースを持っていた。控えめで、クラスではあまり目立たないと評価されている彼女。

森川葉月。

でも、美緒は一度だって彼女を目立たない生徒と感じたことはない。

いつも『彼』が気にしている相手。その事実に、クラスが一緒になったあの日に、気づいてしまったから。

授業中のふとした瞬間や、廊下ですれ違ったとき。誰かが彼女の名前を呼べば、相馬陽斗の目は一瞬だけ森川葉月を追っている。そんな陽斗の特別な横顔を、美緒は何度も部外者の立場で目撃してきた。

中学から続いている片想い。自分でも、こじらせていると思う。思うけど、どうにもできないまま、どうにもしないまま、今日まで来てしまった。

そんな自分を情けなく思っていると、パシャとシャッター音が近くでした。

「っ⁉」

反射的に音の発生源を視線が探し出す。真横の角度にカメラを構えた女子生徒がいた。知っている子。ひとつ下の二年生。写真部に所属している小宮恵那だ。

「また勝手に撮って。訴えるよ」

「会長っていつもイチゴ牛乳だよね」

撮った写真をカメラの液晶画面で恵那が確認している。俯いた拍子に、軽くウェーブのかかった肩くらいまでの髪が彼女の頬を撫でる。美緒よりも思い切り明るい色。興味はあったけど、美緒にはそこまでする勇気がなかった色だ。だからというわけじゃないけど、恵那に対しては、ちょっとした苦手意識があった。

「あたし、もう会長じゃない」

恵那からよく話しかけられるようになったのは、生徒会長をしていた去年の夏。写真部の部費アップを直訴されたのが切っ掛けだった。

「それが聞いてよ、会長」

「だから……」

以来、生徒会長の任期が終わっても、「会長」と呼ばれ続けている。今はもう別の生徒会長がいるのに。

「写真部廃部だって渡辺先生がさ〜。顧問だから人数多い部活に部室明け渡せって言われる〜とか言ってんの」

「去年の生徒会でも、その話あがってたしね。でも、廃部じゃなくて、放送部と合併でしょ？」

「コンクールで賞取れば考え直してくれるんだって」

すかさずカメラを構えた恵那が、美緒を被写体にしてシャッターを切る。

「だから、勝手に……」

さっきもそうだが、いきなりすぎて、さぞ不細工に写っていると思う。できることならさっさと消してほしい。そんな美緒の思いとは裏腹に、恵那はまた話題を変えてきた。

「あ、そうだ。転校生がいた」

「え？　なに急に」

本当にころころと話題も、表情もよく変わる。自分の思うまま、心の赴くまま。そこがまた恵那に対する苦手意識にも繋がっていた。自分には到底真似ができないから。何をするにも一度は周りを気にしてしまう。みんなそうだ。恵那の方が珍しいと思う。

「学ランの……眠たそうな男子。会長知らない？」

「引っ越しで疲れてたのかもね」

適当に返事をすると、手に持っていたスマホが短く振動した。視線が一瞬だけスマホに落ちる。すると、それを察したのか、「じゃあね、会長」と恵那は手を振りながら部室のある方へと歩き出した。

「あ、うん……」

恵那の後ろ姿が見えなくなると、今度はきちんとスマホを確認した。真由子と桃花からのグループLINEだ。

カラオケに行ったふたりは、楽しそうにマイクを握る自撮り写真を送ってきていた。「受験終わったら、みんなであそぼー」と桃花のメッセージ付きで。クラスで一番目立つポジションにいるふたりは、自撮りも上手い。楽しそうで、かわいい写真。

短く「約束ね！」と返事を打ち込む。送信ボタンを押すと、本音がこぼれた。

「あたしだって、今すぐ遊びたいっての」

空っぽになったイチゴ牛乳の紙パックをゴミ箱に投げる。緩やかな放物線を描いた紙パックは見事、山盛りだったゴミ箱の一番上に落ちた。だが、その些細な衝撃で、積まれていた空っぽの紙パックがばらばらと崩れてしまう。

一度は見なかったことにしようと思った美緒だったが、結局は一歩も遠ざかることはなく、ため息を吐きながら散乱した紙パックを拾いはじめた。

「転校生って言ってたっけ？ ……こんな時期に」

今さらのように、恵那の言葉を思い出す。

学ランの……眠たそうな男子。

今日は二学期の最終日。明日はもう冬休みだ。さすがに三年生ということはないだろうが、変わった時期にやってくる転校生もいるものだと思った。

「なんか、泉みたい」

自然と口からこぼれたのは、中学の頃、こんな時期に転校してしまったクラスメイトの名前。

久しぶりに声に出すと、どこか懐かしくて、少しだけくすぐったく感じた。

2

廊下で女子生徒ふたりとすれ違う際、瑛太は露骨にチラ見をされた。写真部との合併がどうとか話していた彼女たちの会話は途切れて、居心地の悪い沈黙が落ちる。

瑛太は猫背を少し正すと、首から下げていた入館許可証を強調した。

何も悪いことはしていない。今日は、三学期だけ通うことになるここ柏尾川高校に、父親と挨拶にきただけだ。

副校長から一通りの説明を受けたあとで、仕事に戻るという父親とは別れた。そのため、今はひとりで校内を見学している最中だった。「校内は自由に見てもらっていいので」という副校長の言葉があったからに他ならない。

「転校生、的な？」

「さあ」

自分を話題にした声を背中で聞きながら、そそくさと逃げるように階段を上がる。同時に、学ランのボタンをひとつずつ外していった。

男女ともに制服がブレザーの高校の校内において、学ランの生徒はもはや異星人だ。居心地の悪さと一緒に学ランを脱ぐ。中の白シャツだけになるとさすがに少し寒かったが、誰かとすれ違うたびにチラ見されるのに比べれば、だいぶマシに思えた。

三階に上がると、下と似たような廊下に出た。

くすんだ白っぽい色のタイル。天井に規則正しく並んだ蛍光灯。教室の引き戸。落書きが彫られた机。端っこが少し欠けた椅子。チョークで化粧した黒板。

福岡で通っていた高校とそんなに違いはない。見たことあるような光景。でも、瑛太の気分はまったく逆で、知らない学校に忍び込んでいるような違和感がずっと付きまとっている。

ちょっとした冒険心で、ドアの開いていた三年一組の教室に入ってみる。瑛太と同じ学年のクラス。今は誰もいないけど、窓際の席には開いたままのノートと大学受験用の参考書、シャーペンと消しゴムが机の上に置かれていた。

まだ誰か残っている。

副校長から聞いた話によると、柏尾川高校では約半数の生徒が大学進学を目指すらしい。そのうちの一割程度が、いわゆる難関大学を受験し、毎年、それなりの合格者が出ると笑顔で教えてくれた。

偏差値で言えば、中の上くらい。ばりばりの進学校ではないけれど、やる気のある生徒に寄り添うだけの環境は整っているバランス型の高校。

机の上に置かれた英語の参考書は、難関大学の入試対策用のものだ。

瑛太はその持ち主が戻ってくる前に教室を出ることにした。鉢合わせになって、わざわざ変な目で見られる必要はない。

この学校は卒業だけすればいい。通うのはどうせ三学期だけ。二月になれば、三年生は受験を理由に自由登校になる。実質、瑛太が登校するのは冬休み明けからの一ヵ月程度。だからこそ、制服だって作らないことにした。

何事もなく、平穏に毎日を過ごして卒業する。

それが、柏尾川高校における瑛太の目標だ。大学は推薦で決まっているので、こっちでの新しい生活は四月からでいい。

これで、校内はだいたい回っただろうか。

そろそろ帰ろうかと思い階段を下りていると、カキーンと甲高い音が遠くで響いた。

さっきから時折聞こえてくる音。中学まで野球をしていたからよくわかる。金属バットがボールを捉える音だ。

それは、瑛太に旧友のことを思い出させる音でもあった。

瑛太が福岡に引っ越すと告げたとき、「だったら、甲子園で再会すんべ」と冗談を言っていた友達。名前は相馬陽斗。瑛太は「陽斗」と呼んでいた。

引っ越してからしばらくはＬＩＮＥでのやり取りが続いた。でも、徐々に回数が減っていって、半年が経過する頃には完全に止まった。

最初は、連絡なんていつでもできると思っていた。夏休みがはじまる頃に、一週間やり取りが止まって、二週間が過ぎて、一ヵ月が経過したときには、冗談でスタンプを送ることすら躊躇う自分になっていた。

陽斗がどう思うかを考えると、どんなメッセージを送るのが正解なのか、わからなくなってしまったのだ。だから、この街に帰ってくることも、結局告げられなかった。

今も、ＬＩＮＥは送っていない。三年半前に止まったままだ。

陽斗は、高校でも野球を続けたのだろうか。

「どの道、もう引退してるか」

同級生である以上、陽斗も三年生。夏には引退したはずだ。

そんなことを考えながら、瑛太の足は何となくグラウンドの方へ向かっていた。

「あ～、予備校だり～」

「時間ないぞ」

「じゃあ、走るか、陸生」

瑛太が外に出ると、グラウンドに続く階段をふたりの男子が駆け上がってきた。ひとりは瑛太と同じ百六十センチ台後半くらいのプリン頭。もうひとりは、百八十センチ以上ある大柄のメガネ。ふたりは一瞬、瑛太を気にしたが、すぐに競走するように脇を駆け抜けていく。

「はえ～ってお前！」

陸生と呼ばれていた大柄の生徒を、小さい方が懸命に追いかけていく。だが、距離は開いていく一方だ。

楽しげに帰っていった彼らと入れ替わる形で、瑛太は階段を下りてグラウンドに足を踏み入れた。

鎌倉市の西側に位置するこの街は、県道32号線を境に南北をちょっとした丘や小さな山に囲まれている。県道から外れようとすると、どうしても坂が多くなる。

学校の敷地も緩やかな斜面にあるため、校庭は校舎から一段下がったところに作られているのだ。

全面的に運動部は休みの日なのか、それとも、揃ってどこかに練習試合にでも行ったのか、とにかくグラウンドにいるのはブレザーを脱いだ制服姿の男子生徒ひとりだけだった。

冬の寒空の下、広い空間にひとりだけだと異様に目立つ。

その彼は、自分で緩く放ったボールを狙って、すかさずフルスイングしている。ひとりトスバッティングだ。

かいた汗が湯気となってゆらめいている。熱気だけはホームラン級。けれど、打ったボールは中途半端なフライになり、一塁線を歩いていた瑛太の近くに落ちる。立ち止まった瑛太の足元まで転がってきた。

さすがに無視できない距離。使い込まれたボールを、瑛太は仕方なく拾い上げた。

「あ、すんません」

男子生徒は運動部らしく駆け寄ってきて、はきはきとした口調で声をかけてきた。サイドを刈り込んだすっきりした髪型。かなり背が高く、瑛太は見上げるように彼の目を見る。

彼もまた瑛太を真っ直ぐに見ていた。

「……」

「……」

無言のまま、ふたりは瞬きを繰り返す。バットを肩に預けた彼の格好に、瑛太は見覚えがあった。

真っ先に反応したのは体だ。そわそわした感覚が全身に蔓を伸ばして、瑛太を縛っていく。

わずかに遅れて、頭の理解が追い付いてきた。懐かしい顔。知っている顔。でも、だからこそ、無意識に口を開いても、彼の名前は音にならなかった。

先に名前を口にしたのは彼の方だった。

「瑛太?」

聞いたことのある響き。自分の名前だから当然だ。けれど、当然だと感じるのは、何度も呼ばれたことのある相手だから。懐かしいのは名前じゃない。呼び方と声。

「陽斗……?」

ある種の確信を抱いて瑛太が返す。久しぶりに口に出した旧友の名前。そこにあるのは単純な喜びじゃない。正直、戸惑いが最優先でやってきた。

それも仕方がない。こんなところで会うなんて、思っていなかったのだから。何の準備もできていない。完全な不意打ち。

「久しぶりだな」

「……かもね」

言葉を探すようにしながら、手の中のボールを転がす。別に答えがボールに書いてあるわけでもないのに……。

「引っ越して三年だっけ？」

「四年かな」

ＬＩＮＥが途切れてからだと三年半。

「四年か……」

「そ、四年」

ひとつひとつのやり取りが、ふわふわと浮いている気がする。離れているのはたったの二メートルなのに、お互いの距離がいまいちわからない。

中学の頃はどんな風に話していただろうか。

「つか、帰ってきたのか？」

「まあ」

どんなテンポと、どんなテンションで、たわいのない会話を続けていただろうか。

「まあってなんだよ」

「帰ってきた」

ぎこちない言葉を返しながら、瑛太は必死に思い出そうとしていた。

「じゃあ、ピッチャー頼むわ」

「は、なんで……？」

反射的に聞き返す。

陽斗はもう背中を向けていて、バッターボックスに向かって歩き出していた。

「前はよくやったべ。早く」

「……前はね」

とりあえず、マウンドに立つ。ボール籠の中にあったグローブを、手にはめるだけはめた。左手に久しぶりの感触が宿る。だからといって、投げる気になったわけでもない。

「遠慮すんなって」

バットを構えた陽斗が、慣れた感じで離れたマウンドに声をかけてくる。

「遠慮じゃないって」

久しぶりのマウンドは、遠いという印象しかなかった。打席までは約十八メートル。返事をするにも、喉の使い方からして忘れている。部活もやらずに生活をしていれば、こんな距離で誰かと話す必要はなかった。

「あん？　なんだって？」

だから、陽斗には聞き返されてしまった。

「なんでもない」

さっきの反省を生かして声を張る。

「じゃあ、頼むわ」

投げてこいと陽斗が手招きをする。

こうなっては仕方がない。

気持ちの整理などできないまま、瑛太は振りかぶってボールを投げた。コントロールに不安はあったが、きちんとストライクゾーンに飛んでいく。

それを、陽斗はアッパー気味にフルスイングした。

だが、聞こえたのは風を切る音だけ。迫力だけはあった。

「球おせーよ」

苦笑いでマウンドに声をかけてくる。

「投げるの久々だし、こんなもんだって」

「野球、やめたのかよ」

直球の質問に、ボール籠のボールに伸びていた瑛太の手が一瞬止まった。

「二年の三学期から新しい学校で部活に入るとか、ハート強すぎだって」

摑んだボールの冷たさに、今さらのように気づく。

「高校は？」

「ブランクあって入りづらいでしょ」

「そんなもんか」

つまらなそうに陽斗が言う。

「そんなもんだよ」

後ろめたさを断ち切るように、二球目を投げる。

陽斗は今度もフルスイングだ。

金属バットで捉えた打球は、高々と上がってライトの定位置あたりにぽてんと落ちた。ライトフライだ。

「やべ、豆つぶれた」

瑛太が次のボールを握ると、陽斗は自分の手のひらを見ていた。冬場にもかかわらず、額から垂れる汗を拭っている。随分長いことバットを振っていたのだろう。

「これって何？」

聞けるタイミングをようやく見つけて、瑛太はバッターボックスに声をかけた。

「何って何が？」

顔を上げた陽斗が、わかっていない顔で聞き返してくる。距離があるせいで、会話のテンポが悪い。

「部活は夏で引退が普通でしょ」

お互いの返事に変な間ができている。でも、四年ぶりに再会した友人との会話としては、これくらいゆっくりでいいと瑛太は感じていた。

「部活じゃねーしー。ま、願掛けみたいなもん？」

「説明になってないって」

「わりぃ、ちょい休憩」

一塁側に用意されたベンチに陽斗が下がっていく。マウンドにいても仕方がないので、瑛太も二人分くらい間を空けて陽斗と同じベンチに座った。

つぶれた手の豆を気にしている陽斗を横目に映す。前から背は高かったが、この四年でさらに瑛太との身長差は開いただろうか。

「……」

かける言葉もなくて、瑛太は寒さを紛らわせるために体を前後に揺らした。すると、沈黙を埋めるように校舎の方から吹奏楽部の演奏が聞こえてきた。高校野球の打席応援曲としても使われる楽曲。

「この曲、夏の大会思い出すわ」

自分を笑うように、陽斗が苦々しく呟く。

「南海大相模の橋本。スライダー超曲がんの。ストレートもあほかって球速出るし」

「甲子園の優勝校と予選で当たったんだ。すごいじゃん」

「バットにかすりもしなかったけどな。なんもできなかった。ははっ、今思い出しても笑えるわ。あれが同じ高校生かってのな」

言葉ではそう言いながらも、陽斗の表情は少しも笑っていなかった。じっと血の固まりかけた自分の手のひらを見ている。そこには、バットを振り続けた証しが刻まれていた。何度もつぶれた豆の痕。手のひら全体が黄色く変色している。ごつごつとした努力の結果。

瑛太が自然と目を逸らしたのは、後ろめたい気持ちに駆られたからだ。

引っ越した先の福岡で野球を続けなかった。昔はあった指の豆も、この四年で綺麗に治っている。

視線の置き場に困った瑛太は、足元に転がった石をなんとなく見ていた。

「もうちょい行けると思ったんだけどな。あ〜、くそ、汗止まらねえ」

真面目なトーンで語っている自分が恥ずかしくなったのか、陽斗は少し大げさに汗を拭いていた。

「汗だくで、豆つぶして……ここでホームラン打てば、夏の仇は取れんの？」

「仇じゃねえし、んなもんわかんねえよ。わかんねえから試してんだろ」

横目に陽斗を映すと、陽斗は歯を見せてにっかりと笑った。少年のような笑顔だ。

それがなんだかおかしくて、一度は我慢しようとしたけれど、瑛太は結局吹き出していた。

「なに、笑ってんだよ」

「いや、陽斗ってこういうやつだったと思って」

恥ずかしいことを、恥ずかしくない感じでさらっと言えてしまう。

「なんだそりゃ」

文句がありそうな顔。でも、まんざらでもなさそうに陽斗も笑い声を上げる。そうなのだ。陽斗とは本当にこういうやつだった。それがまた瑛太の笑いを誘った。

ひとしきり笑うと、瑛太の方が先に立ち上がった。肩を回しながらマウンドに向けて歩き出す。

「瑛太？」

疑問の声を陽斗が背中にかけてくる。

「何球も投げられないから、一打席勝負にしよう」

豆のつぶれた手じゃ、陽斗もバットをずっと振り続けるのは辛いだろう。

「勝負ね。そりゃいいな」

勢いよく立ち上がった陽斗がバッターボックスに入る。

瑛太はマウンドの足元を確かめると、目を閉じて一度深呼吸をした。ゆっくりと瞼(まぶた)を持ち上げると、バッターではなくストライクゾーンを瑛太はじっと見据えた。キャッチャーはいないが、キャッチャーミットの存在をイメージする。

それから、ゆっくりと振りかぶり、中学時代のフォームを思い出すように左足を上げた。前に踏み出すと同時に、全身の力を右手の指先に伝達してボールに預ける。

全力で投じたボールは、ストライクゾーン高めを通過した。

陽斗は完全に振り遅れている。

「はええって！」

さっきまで手を抜いていたのかと、陽斗が突っ込んでくる。瑛太は無視して次のボールを籠から選んでいた。何個か握って、指にしっくりくるやつを取り出す。

「瑛太ってそういうやつだったな」

どこか楽しげに言って、でも、すぐに陽斗は表情を引き締めた。バットを握り直して再び構える。

瑛太が二球目に投じたのは、まさかのカーブ。タイミングを外された陽斗はまたしても豪快に空振りした。

けれど、変化球を使ったことに文句は言ってこない。むしろ、ますますやる気になったような顔で、次のボールを待っている。

これでツーストライク。あとひとつストライクを取れば瑛太の勝ち。

とはいえ、たった二球で瑛太は右肩に疲労感を覚えていた。久々の全力投球がこたえている。情けなく思う気持ちがありながらも、この瞬間の瑛太は、次の一球のことだけしか考えていなかった。

ボールの縫い目に人差し指と中指をかける。速球の握り。あとは迷うことなく、一球目の感覚を思い出すように、渾身の力で投げ込んだ。

内角ギリギリにボールが走る。

陽斗の目元が一瞬だけ驚く。けれど、脇をたたんだコンパクトな打撃フォームで、ボールを巻き取るようにバットを勢いよく振った。

直後、快音が響いた。甲高い音が冬の澄んだ空に抜けていく。

高々と上がる白球。

口を開けたまま瑛太が振り返って行方を追う。レフト方向に飛んだ打球は、隣のサッカーコートも越えて、グラウンドのネットすれすれの草むらに落ちた。

「ホームラン、だよな？」

打った本人も信じられないという顔をしている。

「いや……」

「どう見てもホームランだろ！」

別に負け惜しみを言おうとしたんじゃない。

「どう見ても場外ホームランだって」

そう言いたかったのだ。

「よっしゃー！」

両手のガッツポーズで陽斗が吼える。その声は校舎の方まで響いていた。

美緒が窓を開けると、ふたりの笑い声が三年一組の教室まで聞こえてきた。マウンドのあたりで優勝したみたいに陽斗が喜んでいる。勢いよく飛びつかれた瑛太は、陽斗の体格を支えきれずに、ふたり揃って地面に倒れ込んだ。

でも、それすらも笑い声に変えていく。

「ほんとに泉なんだ……あたし、何も聞いてないけど」

外の冷たい空気が、美緒の吐息を白く染める。

手にしたスマホには、恵那が送ってきた「謎の転校生」と題された一枚の写真が表示されていた。寝ぐせなのか、セットしているのかわからない髪形。男子の平均より少し低い身長。普段は眠たい顔をしているのに、真剣な表情でボールを投げる横顔には、まだ中学生だった頃の面影が存分に残されている。だから、ぱっと見ただけで、泉瑛太だとわかった。

まだふたりの笑い声は続いている。制服が汚れるのも気にしないで、仰向けに寝転がったままだ。だから、余計に声は通る。

「こっちは受験で笑えないってのに。なんかむかつく」

不満を口にしながらも、美緒の口元はどこか楽しそうに自然とほころんでいた。

「ほんと、むかつく」

3

「明日、絶対に筋肉痛だ、これ。引っ越しの荷物出さないといけないのに」

瑛太が自分の肩に触れると、すでに熱を持っているような気がした。

「この機会に鍛え直せ」

「やだよ、もうきついのは」

そう返すと、陽斗は仕方なさそうに苦笑していた。けれど、すぐに表情を引き締める。どこか緊張した面持ちに思えた。

「あのさ、瑛太」

「ん?」

「俺……告白してくるわ」

弾みをつけて、陽斗が起き上がる。

「……は?」

つられて体を起こした瑛太は、意味がわからないまま素っ頓狂な声で反応していた。

「音するから、まだいるっぽいし」

立ち上がった陽斗が校舎の方を見て少しだけ目を細める。

音とはなんのことだろうか。聞こえているものといえば、吹奏楽部の演奏くらい。

「話見えないんだけど……」

そう問いかけてはみたが、すでに陽斗は校舎に向けて走り出していた。ぐんぐん速度を上げて遠ざかっていく。

どこか一生懸命な後ろ姿。それを見送っていると、瑛太は先ほどの陽斗の言葉を思い出した。

願掛けがどうとか言っていたはずだ。

「あれって、そういうことか……」

告白に弾みをつけるためのホームラン。そういう変な遠回りをするところは以前と変わっていない。中学の頃から自信をつけるために、一打席勝負に何度も付き合わされた。

ポケットの中からスマホを取り出す。

LINEを立ち上げると、陽斗に向けて「がんばれ」のスタンプをえいっと送った。

気づいた陽斗が立ち止まってスマホを見ている。

数秒遅れて、「了解」のスタンプが返ってきた。

三年半ぶりのやり取り。

再開してしまえば、どうしてメッセージを躊躇っていたのか、馬鹿らしく思えてくる。一体、何を気にしていたのだろうか。

引っ越して学校が変わっても、離れ離れになっても、メッセージが途絶えても、やはり陽斗は陽斗だった。

そう実感していると、再度陽斗からＬＩＮＥが届いた。「一個忘れてた」と綴られている。「なに？」と返すと、

——夏目いんぞ
とメッセージが届いた。

その一文を目にした瞬間、瑛太の心臓はばくんと高鳴った。

瑛太にとって、陽斗と同じくらい忘れられない名前。

それが、夏目美緒だった。

中学のときのクラスメイト。別に、特別な関係だったわけじゃない。同じ委員会で少しだけ関わる機会があったり、彼女が生徒会に入ってからはその手伝いで時々話をしたくらい。ただのクラスメイト。言葉で説明すれば、たったそれだけ。

なのに、瑛太は今も彼女のフルネームを覚えている。顔も、名字も思い出せない昔

の同級生はたくさんいるのに。

特別な何かは何もなかったけど、何もないと思っていた日々を通して、瑛太の中に特別な何かが残ったのだと思う。

自分のそんな部分を意識すると、懐かしい感覚が一気に押し寄せてきて胸を疼かせる。瑛太の脳裏には、あの頃の記憶がよみがえっていた。

生徒会の仕事で段ボール箱を運んでいた中学時代の彼女。笑い声に足を止めた彼女が見ていたのは、野球部の仲間と談笑しながら用具の準備をしている陽斗だった。

冬の冷たい空気は彼女の息を白く染め、乾いた風は彼女の短い黒髪を切なげに揺らしていた。

あのとき、すぐにその場を立ち去ればよかった。そうすれば、瑛太が見ていたことに気づかれることはなかった。彼女から「言ったら、半殺しだから」と凄まれることもなかっただろう。

ふてくされたあの表情を今も忘れられないでいる。少し強がって瑛太を威嚇する眼差しは本気だった。

「半殺しはないよな……」

スマホをポケットにしまいながら、幼い脅迫を思い出して瑛太は苦笑していた。

瑛太には瑛太の気持ちがあるのに、いくらなんでも酷すぎる。

でも、それも、福岡に引っ越したことで全部終わったつもりでいた。銀行員をしている父親から、「仕事の都合で、戻ることになる」と聞かされたときも、どうせ何もないだろうと高をくくっていた。

事実、今のところは何かがあったわけじゃない。「夏目いんぞ」とメッセージが入っただけ。でも、たったそれだけで、浮かれた気持ちが蓋を開けて、隙間から顔を出そうとしているのがわかる。

その自覚を直視するのは気恥ずかしくて、瑛太は自分をごまかすつもりで、無理やり意識をよそへと逸らそうとした。

ポケットに突っ込んでいた入館許可証を引っ張り出す。

「とりあえず、これ事務室に返さないと」

言わなくてもいいことをあえて口に出してみた。

「ありがとうございました」

事務室は北棟一階の来賓用昇降口の脇にある。

「ゆっくり見て回れた？」

窓口から顔を出した事務員さんは、瑛太を笑顔で出迎えてくれた。

「はい。だいたいは」

その事務員さんに入館許可証を返却すると、瑛太は再度、「ありがとうございました」と頭を下げてから事務室の窓口を離れた。

スリッパを下駄箱に戻して靴に履き替える。そのときにはもう、先ほど陽斗から来たメッセージのことで頭がいっぱいになっていた。

スマホを出して、ＬＩＮＥ画面を確認する。何かの間違いではない。確かに「夏目いんぞ」と書いてあった。

「この学校にって意味だよな……」

今いる、ということではないと思う。というか、どうして陽斗はわざわざ彼女のことを瑛太に言ってきたのだろうか。陽斗に話した覚えは一切ない。そんな素振りすら、表に出したことはないつもりだった。なのに、どうして……。

疑問に思いながら、瑛太が外に出ると、すぐに声をかけられた。

「あ、泉」

急に名前を呼ばれ、瑛太の足がぴたりと止まる。

顔を上げると、瑛太の出てきた北棟の真向かいにある中央棟の生徒用昇降口から、ひとりの女子生徒が出てきたところだった。

「久しぶり……。てか、なんでいるの？　こっち帰って来たってこと？　いつから？」

矢継ぎ早に質問を投げかけながら、瑛太の方へと近づいてくる。

少し明るめにした髪の色。控えめだが化粧もしている。背は男子にしては小柄な瑛太から見ても小さく思えた。

たぶん、クラスでは目立つグループに所属している女子。

ただ、瑛太が今問題にしたいのはそこじゃない。声をかけてきたこの女子生徒が何者なのか。名前を呼ばれても、瑛太はわかっていなかった。

「……どうも」

だから、警戒心が態度に出てしまう。表情も、声も、距離感までもがぎこちない。

その瑛太の反応を見て、彼女は訝(いぶか)しげな顔をした。

「もしかして……」

少し不機嫌そうに眉を顰(ひそ)める。

けれど、そのあとに続くはずだった彼女の言葉は、その場に割り込んできた別の声によって遮られてしまった。

「森川！」

わずかに上擦って緊張した声。瑛太の知っている声だ。「告白してくるわ」と言って、走り去った陽斗のもの。

その姿は、昇降口から駆け出してきて、瑛太の視界を右から左に横切っていく。前しか見ていない陽斗は、瑛太に気づいた様子はなかった。

十メートルほど校門の方まで行って陽斗が立ち止まる。校内をずっと走っていたのか、息が上がっていた。だが、表情に疲れはない。

呼ばれて振り返ったのは、背の高い女子生徒だ。

「……なに？　相馬君？」

表情には戸惑いが張り付いている。呼ばれて答えたのだから、彼女が「森川」なのだろう。

きっと、染めたことなどないのであろう長くて綺麗な髪。女子高生にしては、スカートの丈は長い。学校が指定した通りに着ている感じだ。

全体的な印象は地味。ただ、風でなびく髪を押さえる仕草や、陽斗の反応を待っているその姿には落ち着きがあって、瑛太の目には大人っぽく映った。

「やっぱり、そっか……」

吐息のようにかすれた声は、瑛太を「泉」と呼んだもうひとりの女子生徒のもの。

瑛太が視線を向けると、彼女は白い息を吐きながら、切なげな眼差しを陽斗に向けていた。どこか既視感のある横顔。

「……あ」

理解するよりも先に、驚きが吐息のようにこぼれていた。

思い出の中にいる彼女。

名前を忘れずにいた彼女。

陽斗からのLINEで「いる」と言われただけで、瑛太が落ち着きをなくした特別な相手。

そんなのありかよ、と思う。

だって、あの頃より髪は少し伸びている。

明るい色にだって染めていた。

顔立ちから幼さもだいぶ抜けて……。少なくとも中学までは化粧なんてしてなかった。

だから、気が付かなかった。すぐに気が付けなかった。

ほしいものに向ける切ない眼差しも。

不機嫌をぶつけてくる口元も。

瑛太を「泉」と呼び捨てにするのも。

再会の瞬間に彼女が見せた姿は、どれもが瑛太の知っている「夏目」だったのに。

勝手に、彼女は変わらないままだと思い込んでいた。

でも、だからこそ、こんなのありかよ、と思う。

最悪の失敗をした。すぐに気づかなかったなんて、どんな言い訳も通用しない。向こうは瑛太だとわかって声をかけてきたのに……。

せめて、さっき美緒からされた質問に今すぐ答えたい。ちゃんと気づいているってことを伝えたい。けれど、ここには陽斗もいて、その陽斗が告白をしようとしていて……何をするのが正解なのか、瑛太はわからなくなった。

美緒の気持ちがあの頃のままなのかもわからない。

「俺さ。なんつか、その……」

「うん……?」

わからないまま、陽斗と葉月の会話が進む。わかっているのは、陽斗を見る美緒の横顔があの頃のままだということだけ。

「森川に言いたいことあるっつうか。お、俺！」

でも、考えるだけの時間を陽斗は与えてくれない。陽斗は陽斗で大事な想いを告げようと必死だ。邪魔をしていいわけがない。

結局、見ていることしかできない。瑛太も、そして、美緒も。

周囲が見えていない陽斗は、真っ直ぐ相手のことだけを見て最後の言葉を口にした。

「俺！　明日ヒマなんだ！」

4

「ただいまー」

瑛太がくたびれた声で帰宅したことを告げると、母親はキッチンで夕食の準備をしていた。

「あら、おかえり」

ＴＶからは夕方のニュースが流れている。

「遅かったじゃない。学校どうだった？」

洗面所で手洗いとうがいをしていると、キッチンから母親の声だけが聞こえてくる。

「どうって、普通」

本当は全然普通じゃなかった。いや、学校自体は普通だったけれど、予想外の再会が二度も起きれば、やはり、それを普通とは呼ばないだろう。

その上、他人の告白現場にまで遭遇したのだ。

結果は、陽斗が土壇場で日和ったせいで、ちゃんとした告白にはならなかったのだが……。それでも、陽斗にとってあのあと進展はあった。

「そうそう、スーパーで偶然お母さんと会っちゃって。まだあそこの市民病院で働いているんだってね。ほら、陽斗君よ、陽斗君。中学で一緒だった」

「明日、陽斗と出かけるから。部屋あんま片付けらんないかも」

タオルで手を拭いて、洗面所を出る。

出かける約束をしたのは陽斗ひとりじゃない。あの場にいた女子ふたりも一緒だ。

つまり、森川葉月と、そして、夏目美緒。

陽斗が告白を躊躇った直後、振り向いていた葉月が後ろで見ていた瑛太と美緒に気づいてしまった。その微妙な空気の中で、「明日、ヒマだったら、どっか遊び行こう」と言い出した陽斗の誘いを断る勇気が瑛太にはなかった。それは美緒も同じだったんだと思う。

まだ何か言っていた母親の声は聞き流して、瑛太は自分の部屋に入った。

引っ越しの段ボール箱が大量に積まれている。正直、全然自分の部屋という気がしない。使える状態にしてあるのは、机とベッドだけ。そのベッドに、瑛太はうつ伏せに倒れ込んだ。

「……なんか、疲れた」

こんな時期に転校となれば、あとは適当に登校して卒業するだけだと思っていた。何かを望む気もなかったし、望んだところで何もないと思っていた。

それが、まさか陽斗にも、美緒にも会うとは……。

「夏目、変わってたな……」

瑛太の呟きは、顔を埋めた枕だけが聞いていた。

学校を出たあと、予備校で授業を受けた美緒が家に帰ったのは夜の十時過ぎだった。お母さんが作ってくれたご飯を太らない程度に食べてからお風呂に入る。

湯船でゆっくりしていると、頭も徐々にリラックスしてきて、受験勉強モードは薄れていった。

反比例する形で、脳内は学校での出来事に塗り替えられていく。

それに気づくと、美緒は今の気分を忘れようと湯船を出た。無心で体を拭いて、パジャマに着替える。濡れた髪をドライヤーで乾かしはじめると、また今日のことを思い出していた。

「泉、なんで今さら戻ってくるかな……」

完全な八つ当たりなのは自覚している。

ドライヤーを止めると、足元にラブラドールレトリーバーのラブが大きな体ですり寄ってきた。

しゃがんでその顔を両手で挟む。

「たぶん、あのことまだ覚えてるよね?」

瑛太だけに気づかれてしまった想い。ずっと引きずっている片想い。

「このまま忘れられると思ってたのに……」

そう思っていた。そうできると思っていた。卒業してそれで終わり。そのつもりでいた。

「ほんと、なんで今さら……」

あんな場面を目撃してしまったのだろうか。見たくなかった。かき回された気持ちは、数時間が経過したくらいで落ち着いてはくれない。そわそわして、なんか嫌で、早くいつもの自分に戻りたい。

思わず「はあ」と深いため息が落ちた。

「どうしよう、明日」

ラブは首を傾げて見上げてくる。

一緒に出かける約束をしてしまった。

どんな顔をしていればいいんだろう。どんなつもりで行けばいいんだろう。普通にしていられるだろうか。なんなら今から断ろうか。でも、LINEのIDを知らないし、自分が断ったせいで、約束そのものがなくなるのは困る。きっと、陽斗はがっかりする。それはそれで後ろめたくて嫌だった。

瑛太にだって、余計なことを言わないように釘を刺しておかないといけない。

だから、もう行くしかない。

諦めにも似た気分でそう決めると、胸の真ん中にはひとつの大きな悩みが取り残されていた。行くと決めた以上、一番に考えないといけないこと……。

「明日、何着てこう……」

Chapter 2

Question

1

目を覚ますと、ドーム球場の屋根みたいな電気のカバーが瑛太を見下ろしていた。寝ぼけた頭で、見慣れない天井を見ていると、「どこだっけ、ここ」という疑問が浮かぶ。けれど、答えにはすぐにたどり着くことができた。

ここは新しい自分の部屋だ。

一昨日、福岡から引っ越してきた。今日がこの部屋で迎える二度目の朝。

天井の不規則な模様も、買い換えたシーツの肌触りも、部屋を包む空気も、その全部がまだしっくりこない。ベッドとは反対の壁際に積んだ段ボール箱が片付く頃には、この場所こそが自分の部屋だと思えるだろうか。しばらくはかかりそうな気がする。

そんなことを考えながら、起き上がろうとベッドに手を突いた。すると、右の肩から上腕、背中にかけて痛みが走る。

「っ⁉」

声にならない悲鳴が息のように抜けた。激痛というほどじゃない。我慢することはできる。ただ、力を入れようとすると、くすぐったいような感覚を混ぜ込んだ痛みが瑛太の行動を邪魔してくるのだ。

筋肉痛になるとは思っていたけど、これは予想以上に酷い。ここまで症状が重いと、ゆっくり体を動かすしかない。筋肉を刺激しないように。

おかげで、ベッドの縁に腰掛けるまでに、一分近くかかってしまった。久々の全力投球が体にこたえている。

情けない気持ちに、乾いた吐息がこぼれた。

それと同時に、ある種の現実感が押し寄せてきた。昨日の出来事は夢ではなかったのだ。

四年ぶりにこの街に帰ってきたことも。

相馬陽斗と再会したことも。

あと、夏目美緒に会ったことも……。

今日は、そのふたりと出かける約束をしていることも……それら全部が現実なのだ。

カーテンの隙間からは明るい光が差し込んでいる。同じマンションの住人だろうか、外からは遊んでいる子供たちの明るい声がした。目覚まし時計は、あと数分で十一時になろうとしている。陽斗たちとの約束は午後一時半。

のんびり準備でもしようと思い、瑛太は筋肉痛で重たくなった腰をゆっくりと持ち上げた。

遅い朝食のような昼食を食べたあと、瑛太は着替えて家を出た。少しだけ何を着ていくかで悩んだが、段ボール箱に詰め込まれた洋服を出す気力はなく、引っ越しの日に着てきた茶色のズボンに長袖シャツ、その上に緑に近いカーキのダウンで決着した。普段の格好といえば、普段の格好。変に気合が入っていると思われるのは恥ずかしいので、これでいいのかもしれない。

マンションから続く坂道を下っていくと、足元に県道32号線が見えてくる。柏尾川高校同様、瑛太が住むことになったマンションも、街の中心を走る道路沿いの斜面に建てられている。どっしりと構えた建物には、瑛太よりも年上の物件とは思えない真新しさがある。九階建てで、二百戸近い大きなマンション。

父親も思い切った買い物をしたものだと思う。もう転勤はしないという意思表示なのかもしれない。普段からあまり話をしないため、引っ越してくるまでこっちで暮らす家がどんなところか瑛太は知らなかった。母親を通して「いいとこよ、ほんと」と、適当に聞かされただけだ。実際、いいところではあった。

十分ほど県道32号線に沿って歩いていると、道路の上を通るレールが見えてきた。

レールの下にぶら下がる形の懸垂式モノレール。瑛太が湘南深沢駅に向かっていると、シルバーに赤いラインが入った特撮ヒーローみたいなカラーリングの車両が、頭上を追い越していった。

駅に着くと券売機で切符を買った。階段を上がってホームに出る。すると、見知った人影が見えた。屋根を支える柱を背にしてモノレールの到着を待っていたのは相馬陽斗だ。

「陽斗」

声をかけながら近付いていく。

「おう」

気づいた陽斗が軽く手をあげる。それにつられて、ポケットから手を出そうとした瑛太だったが、すぐに「いっ……」と顔を顰めて動きを止めた。

「筋肉痛って、じじいかよ」

陽斗が声を上げて笑い出す。

「だから、投げたくなかったのに」

一体、誰のせいで筋肉痛になったと思っているのだろうか。

陽斗の隣に並んで、寒さに身を縮こませながらモノレールを静かに待つ。横目でうかがった陽斗の横顔は、少し緊張しているようにも思えた。

スタイリング剤でセットされた髪。恐らく、一番気に入っているであろう青地のジャンパーと黒いズボンの組み合わせ。気合が入っているのは一目見てわかる。

ただ、表情に浮かれた様子は見られない。見るとはなしに、駅の北側を眺めている。

電機メーカーの工場が並んでいるエリアだ。

「そう言えばさ」

駅の下を車が通り過ぎていく。

「んー、なんだよ？」

ポケットからスマホを出した陽斗が時間を確認する。モノレールの到着までは、あと三、四分あるはずだ。

「今日って、急な用事で来られなくなった方がよかったやつ？」

スマホから顔を上げた陽斗がなんとも言えない顔を向けてくる。

「普通に来ていいやつだよ。いきなりふたりは緊張すんべ」

「森川さんだっけ？」

昨日、陽斗がそう呼んでいたはずだ。陽斗が告白をしようとした背の高い女子生徒。

「ん？　ああ、そうだよ、森川」

照れくさそうに陽斗はぎこちなく笑っていた。

「なんで、森川さんなの？」

質問をすると、こっちを見た陽斗と目が合う。でも、すぐに陽斗は視線を少し下げた。

「ま、なんとなく？」

「……巻き込まれたんだし、理由くらい教えてよ」

痛いところを突くと、陽斗は渋々といった様子で、再び瑛太の方を見る。その目は「お前、その言い方さ」とでも言いたげだ。

でも、瑛太の言い分に納得はしたのか、陽斗は諦めたように大きく息を吐いた。

「夏の大会さ、毎年、応援に来てくれてたんだよ。吹奏楽部で。そんで、トランペット吹くの見てたら、気になって……気づいたら、ずっと見ちまうんだよ、森川のこと」

一メートル先の地面を、陽斗はじっと見つめていた。

「すげえ暑い中だってのに、一生懸命でさ……」

いや、陽斗が見ているのは、たぶん、毎年の夏の思い出。瑛太が経験しなかった夏の高校野球。甲子園にたどり着くまでに消えていく汗と涙の記憶のひとつ。

「スタンドで応援って、試合してる俺らよりきついよな」

「……そうかも」

曖昧にしか答えられないのは、同じグラウンドに瑛太は立っていないから。想像しかできない。わかったような顔で陽斗に同調して「そうだね」とは言えなかった。

そんな後ろめたさを隠しながら、瑛太は陽斗の言葉の続きを待った。

「……」

けれど、しばらく待っても続きは聞こえてこない。

「……もしかして、そんだけ？」

「そうだよ。そんなもんだろ、普通。とにかく気になって仕方ねえんだから、他に言いようねーべ」

口をへの字に曲げて、情けないことを強気に主張してくる。いかにも陽斗らしいと瑛太は思った。理屈とか、理解とか、そういう類の話じゃないのだ。

「そんなまじな告白を俺にされてもね」

「瑛太にならいえんのになあ。てか瑛太は？　転校先で彼女できた？」

「その質問、すげえうざい」

「いねえんじゃん？　じゃあ、結果オーライだな」

「なにが？」

どこを取ってもオーライじゃないと思う。陽斗が何を言いたいのか、この時点ではさっぱりわからなかった。

「夏目のこと好きだったろ?」

だから、突然の剛速球がど真ん中に飛んできて、瑛太の心臓はどくんと露骨に反応した。

「っ! なんでそうなる?」

自分でもびっくりするくらい、瑛太は強く言葉を返していた。

「中学んとき言ってたべ」

わかりきったことを聞くなとでも言うように、陽斗は意地悪そうに笑っている。

「言ってない」

夏目美緒に対する気持ちなど、誰にも話したことはなかった。気づかれてもいなかったと思う。けれど、そう思い込んでいたのは瑛太だけだったということだろうか。

今、陽斗が語ったように、陽斗は瑛太の気持ちを知っていたのだから。

「ま、いっか。応援するわ」

形勢逆転。にやけた顔で陽斗が瑛太を見ている。

「昔の話だって……」

居心地の悪さを、そう言葉にして吐き出す。すると、真横から声をかけられた。

「あ、やっぱり、一緒になったか」

知っている女子の声。今まさに話題にしていた夏目美緒の声だ。階段の方を見ると、思った通りの人物がいた。瑛太と陽斗の側までやってくる。

膝下丈の綺麗なシルエットのスカートに白のニット。落ち着いた感じのコートは、ちょっと大人っぽい印象がある。薄らと化粧をしているのもわかる。昨日、学校で会ったときよりも、目元がはっきりしている気がした。美緒が瞬きをするたびに、それを強く感じる。

美緒にとっては、普段通りの格好なのかもしれない。けれど、意図的に陽斗の方をあまり見ようとしない美緒の態度から、少しだけ特別な準備をしてきたのかもしれないと瑛太は感じた。

「なに？　文句ある？」

見ていることに気づいた美緒が口を尖らせて言ってくる。

「ないけど」

「声かけたら、びくってしてたじゃん」

「急だったし」

　モノレールが来ないか確かめようと、レールの方へ体を傾ける。

「ふーん」

　視線の外から聞こえた美緒の声は、少しも納得していない。ただ、それ以上の追及はしてこなかった。昨日再会したばかりなので、まだお互い遠慮がある。

「なんの話してたの？」

　代わりに、美緒は少し探るような口調で陽斗にそう聞いていた。視線は今も瑛太に向けられている。何かを警戒している空気を感じる。

「そりゃ、男同士の積もる話だよ。な、瑛太」

　にやける陽斗に、瑛太は同意するのをやめた。下手な返事をすると、余計な誤解を生みそうだったから。

「ほら、モノレール来たよ」

　時間通りに大船方面から走ってきたモノレールに、瑛太は心の中で感謝した。

「席、空いてんぞ」

　モノレールに乗ると、空っぽだった四人掛けのボックス席に陽斗が真っ先に座った。その真向かいに、後ろから美緒に軽く押された瑛太が腰を下ろす。美緒は迷った様子もなく、瑛太を押した流れで、瑛太の隣に座ってきた。

その美緒の横顔を気にしていると、気づいた彼女と視線が重なる。

「相馬の隣、狭いし」

まだ何も言っていないのに、先回りをして理由を教えてくれた。

「聞いてないけど」

「お前ら、それ、何の話？」

陽斗は普通にわかっていない顔をしていたが、ドアが閉まりモノレールが走り出すと、走行音に遮られて話題は途切れてしまう。今はそれがありがたい。

モノレールはぐんぐん速度を上げて、傾斜を上がっていく。ここは坂の多い街。それは、モノレールにとっても同じこと。

次の西鎌倉駅に向かうモノレールは坂道を上り、トンネルに突入したかと思うと、今度はなかなかの勾配を勢いよく下っていく。途中カーブが加わると、もはやちょっとしたジェットコースターだ。

西鎌倉駅を出発したモノレールは、次の片瀬山駅に向けて街の上を進んでいく。もう少し進むと南側に海が見えてくるはずだ。

「てか、泉、受験は？ 遊んでていいの？」

黙って座っていることに飽きたのか、最初に話しかけてきたのはスマホを見ていた美緒だった。

「推薦決まってる」

窓の外を見たまま、瑛太はぽつりと答える。

「どこ？」

「上叡大学」

「うわー、むかつく」

窓に美緒の不機嫌な顔が映っていたが、瑛太は気づかないふりをした。

「それって、偏差値高いとこだよな？　ガリ勉め」

「福岡じゃ部活やらなかったし……バイトもしてなかったし。勉強くらいできないと、なめられるし」

相変わらず外の景色を眺めながら瑛太は思ったままを口にした。

「どんな理由だよ、それ」

からっと陽斗が冗談のように笑い飛ばしてくれる。でも、実際、瑛太の言った通りでもあるのだ。中学二年の冬という中途半端な時期に引っ越して……友達関係が完全に構築された環境に飛び込む勇気も気力もなくて、とりあえず馬鹿にされないように勉強だけはしておいた。

　高校に入ってからも、その感じで勉強を続けていたら、推薦をもらえることになっていた。中学の頃との違いは、高校では少ないながらも気の合う友人が何人かできたこと。特に仲がよかったひとりとは、こっちに戻ってきてからも毎日ＬＩＮＥで連絡を取り合っている。

　片瀬山駅に到着すると、窓からは眼下に続く街並みの向こう側に海が見えた。青白い冬の空に、群青色の海。今日は天気もいいから、景色が気持ちいい。

「夏目は？」

　会話が途切れるのも居心地が悪くて、今度は瑛太から聞き返していた。さっきの反応から、受験生だということはなんとなく想像がついている。となると、今後の失言を避けるために、きちんと確認しておいた方がいいと思った。

「どーせ、受験生ですよ。どーせ、第一志望は翠山学院大学ですよ」

　わざと興味なさそうに、淡々と美緒は教えてくれた。ただ、言い回しには明らかに棘がある。偏差値で言えば、瑛太が推薦をもらっている大学の方が少しばかり高いので、その点を意識しているのは明白だった。

　これは、さっさと話題を変えた方がいい。

「陽斗は就職だっけ？　何すんの？」

「さっき駅から見えてた工場で働くんだとさ」

どこか他人事のように陽斗は言う。窓枠に肘をついて、つまんなそうに口を開けている。

「あれって、なんの工場？」

知っているのは、どっかの電機メーカーの工場だということだけ。

「なんかの工場」

「なに作ってんの？」

「なんか人工衛星とか色々？」

「普通にすごいじゃん」

当の陽斗はあまり乗り気じゃない様子で、曖昧に「んー、まあ」と返事をしながら流れていく景色を興味なさそうに見ていた。

そして、それ以上話が広がる前に、終点であり、三人が降りる予定の湘南江の島駅にモノレールは到着した。

駅を出た三人は、海まで延びる全部が歩道という感じの細い道を、それとなくお互いのペースに合わせながら、観光客の流れに乗ってゆっくり歩いた。

向かっているのは、のろのろ歩いて十分ほどの距離にある小田急江ノ島線の片瀬江ノ島駅。江ノ電の江ノ島駅を含め、『江ノ島』の名を持つ三つの駅の中では、片瀬江ノ島駅が一番海に近く、一番江の島に近い。最終的な目的地である新江ノ島水族館の最寄りでもあるため、陽斗は待ち合わせ場所にここを選んだのだと思う。

境川にかかった橋を渡ると、特徴的な駅舎が見えてきた。淡い緑色の屋根に赤い柱。竜宮城のような建物は、江の島観光の玄関口である小田急江ノ島線の終点、片瀬江ノ島駅だ。

改札手前のちょっとした広場で、誰が言い出すでもなく瑛太たちは自然と足を止めた。ぱっと見た感じ、まだ森川葉月の姿はない。

「まだみたいだね。相馬の乙姫様」

からかう気満々の美緒の口調。陽斗の顔を覗き込む顔は妙に楽しげだ。

「なんだよ、その言い方」

居心地悪そうに、陽斗は苦笑いをして、車の進入を防止するためのアーチスタンドに寄り掛かるようにして座った。

「おじいちゃんになる前に、告白しなよ」

そう指摘された陽斗は、口をぽかんと開ける。

「……ま、わかるよな、そりゃ」

苦笑いを浮かべ、気持ちがばれていることをあっさり受け入れた。照れ隠しのつもりなのか、スマホに視線を落としている。いや、画面を鏡にして、前髪の具合を整えているのだ。

それが終わる頃には、真っ直ぐに続く線路の奥に電車が見えた。シルバーに鮮やかな水色のラインが入った車両。減速しながらホームに入ってくると、やがて停車した。

ドアが開くと、家族連れやカップルがたくさん降りてきた。改札口は混雑して、この中からひとりの人間を探し出すのは難しい。

そう思った矢先に、「森川だ」と隣で陽斗が明るい声を出した。けれど、すぐに「ん?」と不満を含んだ声で呻く。

「あ、いたいた」

改札から出てきた女子が、ぶんぶんと大きく手を振っている。振られているのは瑛太たちのようだが、赤のマウンテンパーカーを着て、ダメージデニムをはいた背の高い彼女のことを瑛太は知らない。

「なんで、乾（いぬい）がいんだよ」

ふてくされたような顔で、陽斗は近づいてきた彼女に声をかけた。

「葉月んち遊びに行ったら、出かけるっていうじゃん？　だから、ついてきた」

「くんなよ」

どうやら、陽斗の知り合いなのは間違いない。遠慮のないこの感じで他人だったら、もはやホラーだ。

「ごめん、相馬君」

本人の代わりに謝ってきたのは、陽斗の乙姫様。森川葉月だ。ロングスカートにダッフルコートを着ているだけだけど、細くて背も高いから小柄な美緒より存在感があった。

「いや、森川は悪くないけど」

実際、陽斗には彼女しか見えていない様子だ。

「ほんと、森川は悪くないから」

しゃべっていることは、ひとつも面白くないが、その点をフォローするだけの器用さを瑛太は持ち合わせていない。だいたい、未だに状況すらわかっていないのだ。

そんな瑛太の存在に、乾と呼ばれていた彼女が気づいた。

「あ、私は乾依子（よりこ）。葉月とは友達で、相馬と夏目さんとはクラスメイトだからよろしく」

ちゃんと相手の目を見て話をする人当たりのいい雰囲気。はきはきした様子から運動部だったんだろうなと感じた。葉月のことは友達と言う一方で、陽斗と美緒のことはクラスメイトと表現したところに、クラス内での微妙な関係が表れている気がした。普段からよく話をしている相手なら、陽斗だって「ヒマなんだ」と告白することもなかっただろう。

「泉瑛太です。あとは適当に歩きながらでも」

「そうだね。じゃあ、いこっか」

真っ先に歩き出したのは乾依子だ。その横に、後ろを気にしながら葉月が並ぶ。仕方なくふたりを追いかける陽斗の背中に、瑛太は心の中で「どんまい」と励ましの言葉をかけておいた。

歩き出してすぐに瑛太たちを出迎えてくれたのは、海の風と、海の香りと、海の音。海岸線を走る国道134号線を海側に渡ってしまえば、目の前にあるのは大海原と大空と水平線。あとは景色の中に浮かんだ江の島と、江の島にかかる弁天橋くらい。

その江の島に背中を向けて、一行は西側に針路を取った。ここを真っ直ぐに進んだ先には、鵠沼、辻堂、茅ヶ崎と、海沿いの街が続いている。だが、今日の目的地はもっと手前にある。信号待ちがなければ、駅から歩いて二、三分の距離。海岸線に沿って立つ横に長い建物が新江ノ島水族館だ。

陽斗が代表して五人分のチケットを購入し、みんなに配る。

「んじゃ、いくべ」

入場ゲートを通り、水族館に入った。

長い階段を上ると、照明は青白く、壁や天井は深い海の色に変わっていく。順路の最初には、シラスの成育過程を示した展示。そこから緩やかな螺旋状のスロープを下りていくと、巨大水槽の正面に出た。

無数の小魚の群れがダンスを披露してくれている。素早く動いたかと思うと、急に動きを止めて、向きが変わるごとに一匹一匹の体が違った銀色の光を反射する。まるで万華鏡のよう。その予測不能に連動した彼らのダンスに、多くの客が足を止めていた。

「すげーな、これ」

陽斗も口をぽかんと開けている。小学生のような感想だ。

水槽の脇に添えられたプレートには、約八千匹のマイワシと紹介されていた。彼らも含めて、大水槽に展示された数々の魚たちは、ここに来るまでに見ていた海……相模湾に生息しているらしい。

大きなエイが優雅にぐるりと水槽を周回している。下の方では頭の尖がったサメが体を左右に揺らしながら泳いでいる。ぷくっと膨らんだフグっぽいやつもいれば、美味そうに見えてしまうタイもいる。たくさんの魚が生き生きと力強く水槽の中を泳いでいた。これだけの数がいると、プレートに紹介された魚を全部探し出すのは、ちょっと難しい。

「でも、こんな時期に転校って珍しいね」

説明のプレートから顔を上げると、隣に依子が立っていた。

「九州に引っ越したときも、こんな時期だったよね？」

その脇から、美緒がつけ足してくる。

「福岡ね」

後ろのお客さんに場所を譲るように、プレートの前から離れる。美緒と依子も一緒についてきた。少し離れると、大水槽の全体が見渡せて、また違った魅力と迫力がある。巨大な海のスクリーンを見ているみたい。

「福岡も九州でしょ」

「相馬と夏目さんと三人で同じ中学だったんでしょ？　今日はプチ同窓会的な？」

聞いてきた依子は、まだ大水槽の前に立つ陽斗と葉月の背中を見ていた。正確には、緊張して強張った陽斗の背中だ。

「そうだけど」

「なんか、流れで」

どこか自嘲気味に美緒が困った顔をする。

それには瑛太も同意だったので、無言で頷いておいた。

「流れってのは、やっぱり、あっちの流れ？」

一度、瑛太と美緒を見たあとで、依子は意味深に視線を陽斗たちに戻した。

「まさか、相馬が葉月をね～」

口元がすっかりにやけている。陽斗が葉月を誘った意味を把握している証拠だ。

ただ、今日の陽斗を見ている限り、今のところ進展らしい進展はない。というか、ほとんどまともに葉月としゃべれていない。

「お、でかいの来た」

ようやく口を開いても、そんなことしか陽斗は言わない。

「ほんと。あれはネコザメかな」

「森川、こういうの詳しいのか？」

「弟が好きなの。それで、よく図鑑とか見せられるから」

「へえ」

「……」

「……」

少しは弾んだかと思った会話もすぐに途切れてしまっている。

「なにやってんだか」

その声は瑛太のすぐ隣から聞こえた。呆れたような美緒の横顔。でも、すぐにその顔をしまうと、口元だけで微笑んだ。その完璧に作り込んだ笑顔で、美緒はふたりの方へと弾んだ足取りで近づいていく。

「写真撮ろ、写真」

陽斗と葉月を誘って、少し強引に自撮りをはじめた。

「てか、腕長いし、相馬が撮ってよ」

「いや、普通だし腕」

「あ、イワシの群れ近い。早く早く」

陽斗を急かして、ちゃっかり陽斗のスマホで写真を撮ることに成功している。

　そのあとも、美緒は話題を振れない陽斗に変わって、葉月に弟の話を聞いたり、その流れで妹がいることも聞き出したり、引退後も後輩の練習に付き合って吹奏楽部に出ていたことなんかを話題にして気軽に話していた。深海生物のエリアでも、熱帯エリアの魚たちの前でも……美緒はふたりの仲を取り持つように、話題を振って、会話を回していた。

　その美緒の態度はあまりに自然で、そう振舞えてしまえる器用さが、瑛太の目には不器用にしか見えなくて、逆にどこか痛々しくも思えた。

　自分に嘘をつくことに慣れすぎている。

　瑛太に言わせれば、美緒の方がよっぽど「なにやってんだか」だ。

　だけど、それを口にはしない。余計なお世話だと言われるに決まっている。だから、その余計なことを気にしないように、なるべく魚に興味を持つようにした。ペンギンのショーでは、筋肉痛を隠して、喜んで拍手を送った。実際に、餌をめぐって競争するペンギンの泳ぎは見応えがあった。

「このあとは、外のスタジアムでイルカショーがはじまります。ぜひ、そちらもご覧ください」

　ペンギンのショーが終わると、飼育員さんが集まっていたお客さんを順路に沿って誘導していく。

「俺らも行こうぜ」

美緒のおかげで緊張も解(ほぐ)れたのか、この頃には陽斗が率先してみんなを誘っていた。先頭を歩き出した陽斗に、葉月と依子がついていく。瑛太も素直についていくつもりだったが、「あ、やば」という美緒の声で足が止まった。

振り向くよりも先に、後ろから肩を摑まれる。瑛太を壁の代わりにして、美緒が背中に隠れてきたのだ。

「なに?」

「クラスの友達。白っぽいコートの……彼氏と一緒にいるでしょ?」

肩越しに通路の奥を覗いていた美緒の視線の先には、確かに白っぽいコートの女子がいて、隣にいる男性の腕を摑んでいた。

「こっち来て」


逃げるように順路を引き返した美緒に瑛太が連れていかれたのは、クラゲがふわふわと浮かんでいるクラゲゾーン。

エリアの中心に球形の水槽があって、扇状に囲むように大小さまざまな水槽が並べられていた。

　クリスマスシーズンに合わせてライトアップされたクラゲたちはどこか神秘的で、遠い別の惑星にやってきたような気分にさせてくれる。

　瑛太はその中で一番大きな水槽のクラゲを、見るとはなしに見ていた。いや、本当は見ていない。瑛太が見ているのは美緒だ。一メートルほど離れて隣に立った美緒の姿が、クラゲの水槽にホログラムのように映っている。

「さっきのはクラスの友達。最近、あたし受験で遊びの誘い全部断ってるから……」

　思い出したように、美緒がそう話しかけてきた。

「息抜きで来たことにすればいいじゃん」

「昨日もカラオケ断ったし」

「なら、今日のこれも断れば……」

　美緒の気持ちがあの頃から変わっていないのなら、今日、ここに来るのは複雑な心境だったはず。

「あの状況で、断れる？」

　水槽に映った美緒と目が合う。

「……」

瑛太が答えなかったのは、瑛太と美緒がここでこんな話をしていること自体が、言葉以上の答えになっているから。それを美緒もわかっていると思ったからだ。

先に、美緒の方から視線を逸らす。水槽の中をじっと見据えて、一匹のクラゲの行方をなんとなく追いかけている。

間が持たなくて、瑛太はほとんど無意識にスマホを出していた。LINEのメッセージが届いていることに気づく。

「相馬?」

横目で瑛太を見ながら美緒が聞いてくる。

「『どこいった?』だって」

美緒に答えながら、陽斗への返事を打っていく。

「いいよ。教えなくて」

つまらなそうに淡々と言われて、瑛太の指はぴたりと止まった。「クラゲの」と途中まで打った文章を消していく。陽斗からは「ショーはじまんぞ」とメッセージが続いたが、それには既読をつけずにスマホを上着のポケットにしまった。

お互い無言でクラゲを見る。

「……」

重さを忘れたように、ふわふわと浮かぶクラゲたち。現実感のないライトアップされた不思議な世界。でも、ここは現実だ。

「あのさ」

美緒がぽつりと声をもらす。

「なに？」

返事をしながらも、瑛太はクラゲだけを見続けた。

「言ってないよね？」

言葉とともに、美緒の視線を感じる。水槽に映った瑛太を美緒は見ている。

「なんのこと？」

「あのこと」

「どのこと？」

本当はなんのことかわかっていた。わかっていたからこそ、反射的にすっとぼけていた。彼女の口から聞きたい話題じゃないから。直感的に嘘をついたのだと思う。

少し落ち着かない気分をごまかすために、瑛太はスマホを出してクラゲの写真を撮った。その写真を陽斗の「どこいった？」に対する返事にした。

「……」

「わかってないならいいけど」

言葉では引き下がっていても、美緒の視線はまだ全然納得していない。不満そうに瑛太を見ている。

その視線を、瑛太はスマホの画面で遮った。

「陽斗から」

クラゲの返事として送られてきたのは、大きなジャンプを決めているイルカをバックにした陽斗、葉月、依子の自撮り写真。続けて、「早くこいよー」のメッセージが届く。

「楽しそうでいいね……」

そう言って画面から目を背けた美緒は、どこか他人事のような態度だった。

「泉は行きなよ」

クラゲの水槽に顔を寄せて、じっと奥にいる小さなクラゲを見ている。

「いいよ……筋肉痛だし」

「なにそれ、関係ないじゃん」

小さく吹き出すと、美緒の表情が徐々に緩んでいく。今日、はじめて見る自然な笑顔。クラゲと一緒に写真に収めようかと思ったけれど、やめておいた。そんなことをしたら、すぐにでも美緒はまた不機嫌になると思ったから。

2

「やな顔してるなぁ」

作った笑顔で写真に写った自分を見て、美緒は落ち込んだような気分でため息を吐いた。スマホの小さな画面に表示されているのは、昨日、水族館で撮った写真。

結局、イルカショーは見逃して、瑛太とふたりではぐれてから一時間後くらいに陽斗たちと合流した。そのあと、館内のカフェで休憩をして、売店で水族館グッズやお土産をゆっくり眺めた。

水族館を出たのは日も沈んだ頃。

それは、毎年行われている江の島のイルミネーションが点灯する時間帯で、誰が言い出したわけでもなく、砂浜に寄り道をして写真を撮った。

自分の部屋で勉強をする合間に美緒が見ていたのは、そのときに撮影した一枚。

一番手前には腕をいっぱいに伸ばした陽斗がいて、真ん中に女子が三人。葉月が少し困った顔に見えるのは、あまり写真が得意じゃないからだと思う。対照的に、隣の依子は満面の笑みだ。美緒は上手に笑っている。一番奥にいる瑛太は、ぼんやりした顔で、そもそもカメラの方を見てすらいなかった。

陽斗がスマホで自撮りをしたものなので、狭いフレームの中に五人を無理やり収めている。おかげで、江の島のイルミネーションは半分見切れていた。

その写真のデータを美緒が持っているのは、水族館で撮った写真を送り合うために、LINEのIDを全員で交換したからだ。江の島のイルミネーションを見ながら、その場の勢いで五人のグループも作った。

今日になっても、グループのやり取りは意外と盛んで、先ほどから「またどっか行く?」「おう、いくべ」なんて会話が依子と陽斗を中心に行われていた。遊びに行く方向で話がまとまりかけると、葉月が「夏目さん、受験大丈夫かな?」と気遣ってくれる。その一言から、「じゃあ、初詣は?」「いいじゃん。合格祈願!」と、予定は固められていった。

せっかく気を遣ってもらった上では断りづらい。それに、合格祈願には行きたかったので、美緒は「おっけー!」のスタンプをLINEのグループに送った。

ずっと沈黙を守っているのは瑛太だけ。既読は「4」になっているので、見てはいるのだと思う。

「昨日、絶対すっとぼけてたよね、泉」

中学時代に、彼にだけは気づかれてしまった相馬陽斗への片想い。もう一度、念押しをしておこうと思い、彼の登録名である「えーた」に美緒は指で触れた。

メッセージを書いて送信。スタンプもひとつ追加で送る。

既読はすぐについた。でも、数秒経っても返事はこない。一分ほど待って、やっとスマホが振動したが、LINEの返事ではなかった。電話だ。瑛太からというわけでもない。画面には、「小宮恵那」と表示されている。

何の用だろうと思いながら、美緒はスマホを耳に当てた。

「はい」

「あ、会長」

恵那の明るい声が、受話器を通して美緒の鼓膜を刺激する。

「うん。なに?」

「相馬先輩のLINE知らない?」

恵那が何気なく口にしたのは、予想外の名前。不意打ちに、心臓が高鳴った。

「な、なんで急に? 知らないけど」

心の中を見透かされたような焦りのせいで、美緒はとっさに嘘をついていた。

「えー、会長なら知ってると思ったのに」

「なんでよ」

恵那と恋愛話をしたことなんて今までない。中学からの片想いだって、瑛太以外は知らないはず。だから、警戒してしまう。

「あれ？　クラス一緒だよね」

だけど、恵那が口にしたのは特別な理由ではなかった。それを聞いて、気持ちが落ち着いていく。いつもの自分に戻っていける気がした。

「そうだけど、それ理由になってないって。てか、相馬に何の用？」

「コンクールに先輩たちの写真出したいからさあ、応募していいか聞こうと思って。写真部の未来がかかってんの！　あの写真だったら賞狙える。つーか、絶対出したい」

ひたむきで真っ直ぐな感情が、電波に乗って耳元まで運ばれてくる。自分の気持ちや衝動に正直なその姿勢は、どこか羨ましくて眩しく思えた。

だから、ちょっとだけ目を背けたくなる。

「……うん」

「あ、会長勉強中だった？　ごめん、もう切るね。ありがと」

「違う、待って、ほんとは……」

言っている途中で、電話は切れてしまった。ほんとは知ってると言いたかったのに。さっきまであれほどやかましかったスマホはもう何も言ってこない。

「……仕方ないじゃん。急に聞いてくるんだもん」

タイミングがとにかく悪すぎた。

椅子から立ち上がると、美緒はベッドに前から倒れ込んだ。

うつ伏せのまま、顔の前でスマホを操作する。開いたのはLINE画面。陽斗へメッセージを送ろうとして、「今、いい?」とだけ打った。でも、送信のボタンを押そうとして、指先が躊躇った。一度躊躇うと、急に馴れ馴れしいかもとか、昨日ID聞いたばっかりだしとか、色々と考えてしまい、結局書いたメッセージを美緒は全部消した。その代わり、「えーた」の名前に再び指で触れた。

3

――言ったら、コロス

彼女から最初に送られてきたメッセージは、ある意味において瑛太をドキッとさせるものだった。

そのメッセージのあとには、すぐにスタンプも届いた。ウサギのキャラクターが藁人形に釘を刺そうとしているシュールなやつ。

「……なんつうスタンプ使ってんだよ」

これは「釘を刺す」という洒落のつもりなんだろうか。そうだとしても、ちっとも上手くないし、瑛太としてはまったく笑えない。

一応、返事はしておこうと思ったが、昨日はわかっていない素振りで通してしまった手前、「了解」のスタンプを送るわけにはいかない。かと言って、何のことかと尋ねたら藪蛇（やぶへび）になるに決まっている。

どうしたものか。

片付く気配のない引っ越しの荷物の中で瑛太が悩んでいると、またメッセージが届いた。

――今日、ちょっと時間いい？

これは呼び出されてシメられる流れだろうか。状況的にそうとしか思えない。けれど、あとに続いたメッセージは想像していたものとは違っていた。

――お願いあるんだけど。絶対返事ちょうだい

一瞬、罠かもしれないという考えが頭を過った。過ったけれど、そんな風に言われ

てしまったら、瑛太の答えなど決まっていた。

——いいけど、何?


指定された待ち合わせ場所は藤沢駅の北口だった。人口四十万人を超える市の中心地。JRに小田急、江ノ電の三線が乗り入れる賑やかな駅周辺の店舗は、クリスマスイブらしい飾り付けがされ、年末の空気を感じさせてくれる。

冷たい冬の風に身を縮こませながら瑛太が北口に向かうと、ビックカメラの入り口から少し離れた立体歩道の隅っこに美緒がぽつんと立っていた。

「あ、泉」

気づいた美緒が手を振ってくる。この一瞬だけは、端から見たら彼女と待ち合わせをしているように見えるんだろうか。ちょっとだけ道行く人の視線を感じたような気がする。

「ごめん、呼び出して」

「どうせヒマだから平気」

美緒の側まで行って、手すりに背中から寄り掛かる。

「今から、相馬と連絡を取りたいっていう後輩の子が来るから……泉が繋いであげて」

正しく理解したつもりだが、美緒の発言の意味はわからなかった。

「……は？」

思わず、間抜けな声が出てしまう。

「だから、相馬に用事あるって子が来るから、泉が連絡してあげて」

少しむっとした表情の美緒は、わからない瑛太が悪いとでも言いたげだ。

「いや、まじでどういうこと？」

陽斗の連絡先なら美緒も知っている。昨日、交換したばかりなのだから。

「大学推薦で受かってるくせに、頭悪いなあ」

取り繕うことなく、美緒は不機嫌を瞳に溜め込んでいた。

「夏目が陽斗に連絡すればよくね？」

どう考えたって、瑛太が間に入る意味がわからない。無駄な手間だ。

「あたしは……ダメなの」

正しい指摘をすると、美緒は視線を逸らして、急に歯切れが悪くなる。

「なんで？」

「……受験あるし」

理由になっていないのは、美緒も自覚しているのだろう。そっぽを向いて、わざとらしくふてくされた顔をしている。「もう聞くな」という子供っぽいアピールだ。

「受験、関係なくない？」

「とにかく、泉にお願い」

有無を言わせない感じで、美緒が言葉をかぶせてきた。どこか必死で、自分自身に苛立ったような態度。どうしても、陽斗には連絡したくないらしい。瑛太には連絡をしてきたくせに。それが、単純に面白くない。

「じゃあ、いいけどさ」

だから、瑛太の返事は少しぶっきらぼうになってしまう。

当然のように、ふたりの間にギクシャクした空気が流れる。

「いた。会長！」

そこに、弾んだ声が突然割り込んできた。

「きた。あの子」

声に反応した美緒につられて駅の方を見る。すると、美緒よりさらに明るい髪の色をした女子が駆け寄ってきた。ショートのダウンに、すっきりしたデニム。外見の活発さ以上に、表情や目元に生命力の強さを感じる顔立ち。

「あ、小宮さん、彼が……」

美緒に促されてその女子と目が合う。生き生きとした瞳。近くで見るとエネルギーをさらに強く感じた。あんまり友達にはいないタイプ。だから、若干の苦手意識を抱いてしまう。

そんな瑛太を大きな瞳に映した彼女は、一瞬眉根を寄せて顔全体に疑問を溜め込んだ。かと思うと、すぐに宝物でも見つけたみたいにぱっと笑顔になって、瑛太の方へ身を乗り出してきた。

「謎の転校生げっと！」

その手は、しっかりと瑛太の両手を捕まえている。

「知り合いだったの？」

怪しむような目を美緒が向けてくる。

「うん」

「知らない」

彼女と瑛太はほぼ同時に反対のことを言っていた。

「どっち？」

当然のように、美緒は面倒くさそうな顔をしていた。

小宮恵那と名乗った少女は、立ち話ではなんだからとひとりで話を進めて、瑛太と美緒を近くのファミレスまで連れていった。

ボックス席に男女に分かれて座り、全員飲み物だけを注文した。それが運ばれてくる間、呼び出された理由に関してはだいたい聞くことができた。

「写真部は廃部寸前で、コンクールで賞を取れば存続できそうだから……要は、そのためのコンクールに、俺と陽斗を撮った写真を使いたいって話？」

「そう！」

ずいっと恵那がテーブルに乗り出してくる。瑛太はソファの背もたれに体を預けて、距離が近づいた分だけきちんと離れた。

出会ってまだ数分なのに、小宮恵那という人間の活力に気圧(けお)されている。積んでいるエンジンの馬力が瑛太や美緒とは根本的に違う感じがした。

「これ、すごいよく撮れてるね。なんかプロみたい」

恵那の隣に座った美緒が見ているのはテーブルに置かれた数枚の写真。恵那が撮った写真だ。写っているのは、柏尾川高校に挨拶に行ったあの日の瑛太と陽斗。一打席勝負をしたときのものだ。

瑛太の渾身の投球。陽斗のフルスイング。打球の軌跡を追う陽斗と瑛太。歓喜に変わる横顔と、茫然とした横顔。テンションの上がった陽斗に飛びつかれるまでの一連のやり取りが、見事に切り取られていた。

瑛太がスマホで適当にシャッターを押しただけの写真とは明らかに違う。

「実物よりいいかも」

美緒がそんな皮肉を口にするくらいだ。本当にプロっぽく仕上がっている。

「……コンクールってことは、色んな人に見られるわけでしょ？」

気になっていることを、瑛太は素直に尋ねた。

「川沿いのとこ下っていくと、あるじゃん。ホール？」

「市民会館？　あそこに展示するんだ」

美緒が助け船を出すと、「そう、それ！」と恵那が返事をする。

「そんな近場じゃ、うっかり誰かに見られるかもしれないし、悪いけど」

写真のデキがいいのは認める。だけど、自分が衆目に晒されるとなれば、話は変わってくる。

「えー、なんで？」

「目立ちたくないし、普通に恥ずかしい」

「よく撮れてるし、協力してあげればいいじゃん」

「じゃあ、夏目が被写体になれば？」

「あたしは……無理」

「それを人にやらせようとするなよ……」

「無理って言ったのはそうじゃなくて……こんな瞬間、あたしの予定にない」

不満そうに美緒が視線を逸らす。言いたくないことを言わされたような顔をしていた。

「……」

「……」

会話が途切れ、気まずい沈黙が訪れる。

間を埋めるために、瑛太は飲み物に口をつけた。直後、ポケットの中でスマホが振動する。ほとんど、条件反射のような感じでスマホを取り出していた。

それとまったく同じタイミングで、何かに気づいた美緒が鞄からスマホを出している。

ふたりが手にしたスマホは、断続的にぶぶっと何度か振動を繰り返した。ほぼ同時に。

ＬＩＮＥ画面を開くとその理由は一目瞭然だった。

昨日作ったＬＩＮＥのグループにメッセージが次々ときている。陽斗と依子、それに葉月の三人のやり取りが何件か続いた。ざっと要約すると、葉月と依子が犬の散歩中で、陽斗も今からそこに合流しようという流れのようだ。

すると、瑛太に対してだけ、別のメッセージが届いた。

——相馬って、犬ダメじゃなかった？

送り主は目の前にいる美緒だ。

——前はダメだった。今は知らない

返事を送ると、美緒は納得したのかスマホをテーブルに置いた。

そんな瑛太と美緒を、興味深そうに恵那が交互に見ている。

「ふたりって付き合ってんの？」

能天気な口調でそんなことを聞いてきた。

「付き合ってません」

きっぱりと美緒が否定する。

「ふーん」

曖昧な反応をした恵那は、返事をしなかった瑛太のことを見ていた。何か言いたそうな顔をしている。

余計なことを言われる前に、瑛太は話を進めることにした。

「そういうわけで、コンクールはなしで」

「写真部が廃部になってもいいの？」

テーブルに手をついた恵那は、限界まで身を乗り出してきた。周囲のお客さんも何事だろうかとちらちら見ている。

「……正直どうでもいい」

瑛太にとっては関係のないことだ。

「わかった。今日のところは諦める」

意外なことに恵那はあっさりと引き下がった。ただ、「今日のところは」と口にしたのは非常に気になったが……。

「明日以降も諦めてくれ」

「明日のことはわからないから、ＬＩＮＥ教えて」

手にしたスマホを恵那が左右に振っている。ＧＰＳを利用したＩＤ交換。瑛太はＧＰＳの設定を常にオフにしているので、使ったことはないけど……。

助けを求めて美緒に視線を送る。でも、そのアイコンタクトは成立しなかった。

「あたし、予備校あるから行くね」

テーブルに五百円玉を置いて、美緒が席を立ったのだ。

この状況で、ふたりきりにされるのは辛い。

「じゃあ、俺も」

伝票を持って瑛太も席を立つ。けれど、レジに向かおうとした体は後ろに引っ張られてしまう。振り向くと恵那が腕を摑んでいた。

「会長には教えてんじゃーん」

偶然だとしても、なんとも嫌な言い方をしてくる。別に美緒が特別という意味で言っているわけではないと思うが、瑛太の意識はそういう風に受け取ってしまった。ここは、余計な詮索をされる前に、さっさと退散した方がいい。

「俺も用事あるから」

堂々と嘘をついて、瑛太はファミレスを出た。


ファミレスを出て、すぐに美緒とは別れた。駅に足を向けた瑛太は、一度はバス停に行こうとしたが、思い直して家まで歩くことにした。

一打席勝負で陽斗に負けて以来、なんとなくなまった体を鍛え直したい衝動が、胸の真ん中あたりで燻(くすぶ)っている。その存在を思い出したのだ。家までは、徒歩でも三、四十分で帰れるはず。筋肉痛がまだ残っている体には丁度いい運動だろう。

腕を動かすと、上腕と背中にかけては今も違和感がある。それでも、動作に支障が出るほどの痛みではない。ちゃんと回復している。

歩きながら体の状態を確かめていた瑛太だったが、五分もしないうちに、意識は体のことから徐々に別のところへと逸れていった。

背後に人の気配を感じる。六、七メートル離れてついてきている。

立ち止まって振り向くと、悪びれた様子もなく、小宮恵那が手を振ってきた。

ゴーグルのついたヘルメット。原付バイクを押しながら歩いている。

「あ、私のことは気にしないで。泉先輩、用事あるんでしょ」

何か含んだような顔で、文句を言おうとした瑛太の先回りをしてきた。

用事があることになっている瑛太は、言いかけた言葉を呑み込んで再び歩き出す。

恵那は話しかけてくるでもなく、近づいてくるでもなく、そのあとも黙ってついてきた。

一体、どこまでついてくるつもりだろうか。

監視されているみたいで落ち着かない。

「通報してもいいですか？」

すぐに我慢ができなくなって、瑛太は振り向かずにそう声をかけた。

「嘘つきはドロボーのはじまりだもんね」

なんとも小癪(こしゃく)なカウンターだ。たった一発でノックアウト負けを喫した瑛太は、背中を丸めてとぼとぼ歩き続けるしかない。

途中、信号で足を止めると、スマホに着信があった。陽斗からの電話だ。応答のボタンに触れて電話に出る。気持ちを切り替えたい気分だったので、タイミングがよかった。

「のろけ話なら聞きたくないけど」

電話に出るなり、瑛太はそう声をかけた。さっきファミレスで確認したＬＩＮＥのやり取りによれば、陽斗は犬の散歩中だった葉月と依子に会いに行ったはずだ。わざわざ電話をしてくるのだから、進展があったのか、あるいは……。

「その逆だよ……」

陽斗の落ち込んだ声が受話器から聞こえる。

「逆って?」

「俺、犬ダメなの知ってるよな?」

魂の抜けきった力のない声。

「LINEじゃ、『すぐ行く!』って息巻いてたから、克服したのかと思ってた」

「するかそんなもん」

やけくそになったかと思うと、「はぁ」と深いため息が続いた。

「なら、行かなきゃよかったのに」

「森川には会いたかった……」

少し拗ねたような言い方だったが、含まれた感情はどこまでもストレートだった。聞いている方がちょっと恥ずかしくなる。

「俺、もう駄目だ。死にたい」

「大げさな」

「森川の前で、悲鳴あげて、尻餅ついたんだぞ? 急に『わん!』って吠えっから」

「まあ、それは笑えるかも」

実際、喉の奥で瑛太は笑っていた。葉月の飼っている犬は、LINEで送られてきた写真を見たところビーグルだと思う。そんなに大きな犬じゃない。その犬に、体格のいい陽斗が吠えられて尻餅をついたという絵面は、想像するとやっぱりおかしい。

「お前なあ……あー、でも、乾なんて腹抱えて笑ってた」

彼女の性格なら、その反応も頷ける。

「森川さんは？」

「……笑ってはいなかったと思う」

曖昧な記憶を遡るように、陽斗がゆっくり口にした。彼女は困った顔で、笑い転げる依子を注意していたんじゃないだろうか。水族館に行ったときの印象に過ぎないが、葉月はそんな性格の子に見えた。

「じゃあ、案外気にしてないんじゃない？」

「でも、犬飼ってんのに、犬苦手なやつ好きになんないだろ」

「さあ、そうでもないんじゃない？」

少なくとも、瑛太はひとり知っている。犬を飼っていて、犬が苦手な男子に好意を抱いている女子を。夏目美緒の家には、ラブラドールレトリーバーがいたはずだ。

「でも、陽斗が気にするんなら、がんばって克服すれば？」

「やっぱり、そうだよな。瑛太、協力してくれ、頼む！」

半分冗談のつもりで言ったのに、陽斗からは百パーセント本気の返事が戻ってきた。

「頼まれても、うち、犬いないし」

待っていた信号が青に変わる。他の歩行者と一緒に瑛太も歩き出そうとした。でも、できなかった。後ろから聞こえた声に結果的に引き留められたのだ。

「犬なら、私に任せてよ」

肩越しに振り向くと、恵那が得意げな笑みを浮かべていた。

「ん？　そっち、誰かいんのか？」

陽斗が疑問を投げかけてくる。

「ＬＩＮＥ、教えてくれたら協力する」

にんまりと口角を持ち上げた上機嫌な恵那の顔。何を根拠にそう思っているのかはわからないが、勝利を確信している顔だ。

「瑛太？」

「悪い。すぐかけ直す」

「は？　まあ、おう」

戸惑いながら無理やり納得した陽斗の声を聞いてから、瑛太は電話を切った。そのまま、スマホを指で操作しながら恵那に向き直る。

「写真をコンクールに出すのはなしだから」

ＬＩＮＥのＱＲコードを呼び出して恵那の方に向けた。

「それは、おいおいでいいよ」

原付のスタンドを立てると、恵那は跳ねるような足取りで身を寄せてきた。そして、

ＩＤを読み込んだかと思うと、何やらスマホを操作している。

直後に反応したのは瑛太のスマホ。「えな」の登録名でメッセージが届いている。

いや、開いてみると「よろしく！」と肉球をこっちに向けた猫のスタンプだった。

「泉先輩っていいね。私、好きだな。相馬先輩のために、ＬＩＮＥ教えてくれるとことか」

「俺は小宮さんが苦手です。そういうこと言えるとことか」

ＬＩＮＥで「よろしく」と返事を送りながら、瑛太は率直な感想を口にしていた。

恵那が明け透けだから、つられてしまったのだと思う。普段なら、初対面の相手に、ここまではっきりとは言わない。初対面じゃなくても言わない。

「じゃあ、犬の相談するから、私は行くね。ばいばーい」

原付のシートに座ると、エンジンをかけて恵那が走り去る。その後ろ姿を無意識に目で追いながら、恵那に言われた言葉の意味を瑛太は考えていた。

恵那は「陽斗のために」と言ってくれたが、本当にそうなのだろうか。

陽斗が犬を克服したいのは、葉月との距離を縮めたいから。そのふたりの関係が進展したら、美緒はどう思うのだろう。美緒の気持ちを知った上で、陽斗に協力するのは、本当に陽斗のためなんだろうか。

「……」

こんなことが気になるのは、どうしてだろうか。自分の気持ちの在処(ありか)すら、よくわからない。いや、本当はもうわかっている。直視するのを避けているだけだ。

この数日。たった数日間だが、気づくチャンスはたくさんあった。あの日、学校で彼女と再会したときも。あの頃と同じ切なげな横顔を目の当たりにしたときも。LINEのIDを交換したときも。彼女が写った写真を開いたときも。はじめてメッセージが送られてきたときもそうだ。今日も呼び出されて、のこのこ出てきたのは単にヒマだったからというわけじゃない。

じゃあ、何が理由なのか。どんな理由があるのか。

この問題を解くのは簡単だ。

瑛太はもう答えを知っている。

彼女が夏目美緒だから。

答え合わせは、たぶん、必要ない。

Chapter 3
Full swing

1

瑛太が見上げた空には、薄く延ばした綿のような雲がどこまでも広がっていた。青空は透けて見えているのに、太陽の熱は地面まで届いてこない。おかげで、午後になっても気温はあまり上がっていなかった。

今年も残すところわずかとなった十二月二十六日。

天気予報には晴れマークがついていたけれど、これでは曇りと同じ。

そんな納得いかない空模様と同様、瑛太はもやもやした気分で公園のベンチに座っていた。目の前には、冬のくたびれた野原が見えている。

自然の中に作られた鎌倉中央公園は、田畑や林道を含めて、東京ドーム約五個分の敷地を誇る広々とした公園だ。地元の人にとっては、ランニングコースであり、犬の散歩ルートにもなっている。

ベンチに座った瑛太の後ろを、今も走りすぎていく人がいた。別のランナーとすれ違うと、地元の住人同士で軽い挨拶を交わしている。地域に根付いた公園。ぼーっと時間を潰すには都合のいい、のんびりした時間が流れている。ただし、瑛太はヒマを持て余して、ゆるい一日を過ごす目的で公園にやってきたわけじゃない。

「あのさ、小宮さん」

ベンチの脇に立った恵那に声をかける。

「んー?」

カメラを構えた恵那の気のない返事。意識はファインダーの向こう側に向いている。

「『犬は任せてよ』って言ったよな」

「言ったね。だから、ほら、ばっちし」

パシャ、パシャとシャッターが切られた。恵那がカメラを向けているのは、ふたりから十メートルほど離れた野原の真ん中。お座りをしたラブラドールレトリーバー。その頭をへっぴり腰で撫でようとしている相馬陽斗と、愛犬ラブのリードを握った夏目美緒だ。

確かに、恵那は陽斗が犬と触れ合える機会を用意してくれた。だけど、その手段については色々と言いたいことがある。

よりによって、なんで美緒なのか。

美緒も美緒で、どういうつもりで協力しているのだろうか。陽斗が犬を克服したい理由など百も承知のはず。あの日のグループＬＩＮＥのやり取りは、美緒も見ているのだから。

「ラブは大人しいから、噛んだりしないって」

本当にどういうつもりなのか知らないが、美緒は率先して陽斗の特訓に付き合っている。びびっている陽斗をからかうように笑い、でも、励まして……クラスメイトとして普通に接している。彼女の笑顔を見ていると、瑛太の方が落ち着かない気持ちになった。

「夏目、受験なんだからさ。巻き込むなよ」

見たくないものから目を背けると、瑛太は恵那をちくりと言葉で刺した。

「来るって決めたのは、美緒先輩だよ。ラブの散歩のついでならいいよって」

カメラを下ろして、恵那が視線を送ってくる。毒気を抜くように、口元で「ふふんっ」と笑っている。

美緒が自分で決めたのなら、確かに何の問題もない。ただ、こうして美緒と陽斗が一緒にいるのを見ていると、焦りにも似た感情に体が駆り立てられる。だから、落ち着かない気持ちに引っ張られて、瑛太は余計な一言をつけ足していた。

「夏目って頼まれたら断んないだろ」

中学の頃はそうだった。委員会や生徒会に所属していたのは、美緒が美緒だけの意思で決めたことではなかったと記憶している。誰もやる人がいないとか、去年もやっていたからとか、そういうのがあって引き受けていた。

「泉先輩としては、美緒先輩を呼ばれちゃまずい理由でもあったとか？」

恵那にそう聞かれたことで、瑛太は少し苛立っている自分に気づいた。その苛立ちが言葉に出ていたのかもしれない。だから、恵那はそんな質問をしてきたのだと思う。瑛太のことをよく見ている。勘も鋭い。

「……」

無言でベンチから立ち上がる。一度は「そんなことはない」と恵那の言葉を否定しようと思った。でも、今は何も言っても、言葉が少し強くなるような気がして、言いかけた言葉は呑み込んだ。直後に、陽斗の悲鳴が聞こえたので、それどころではなくなったというのもある。

「うわっ！　こっちくんな！　くんなってー！」

見れば、叫び声を上げながら陽斗が全力ダッシュで逃げている。その後ろを楽しげに追いかけているのは、力強く駆けるラブだ。

「ごめん、相馬！」

どうやら、美緒がリードを離してしまったらしく、美緒も必死に追いかけていた。

距離は詰まるどころか、どんどん離れていっているが……。

引退したとはいえ、未だにバットを毎日振っている元野球部の陽斗と愛犬の競走に、受験生の美緒が太刀打ちできるはずがない。早々に息を切らして立ち止まる。すると、勢いよく瑛太の方を美緒は振り向いた。

「泉も手伝って！」

「なんで、俺が」

「早く！」

そう言われたら、追いかけるしかない。

半分枯れたような野原を、陽斗はぐるっと周回している。瑛太は中央を突っ切って、一直線で追いかけた。息の上がった美緒を追い越して、リードに手を伸ばす。摑もうとした瞬間に、するりとすり抜けた。

「ばっか、瑛太！」

肩越しに振り向いていた陽斗の声はほとんど悲鳴になっている。しかも、そのせいでバランスを崩して、地面に倒れ込んだ。

隙を逃さずに、ラブは陽斗にのし掛かってじゃれついている。陽斗の顔をぺろぺろとなめまわしていた。

「おわっ、やめろ、お前！」

遅れて追いついた瑛太は、スマホを出して、犬と戯れる陽斗を写真に収めた。

「助けろって、瑛太！」

「証拠写真がいるでしょ」

撮った写真は、早速LINEのグループに貼りつける。ラブのリードは、やっと追いついた美緒が摑んでいた。

「ラブ、ダメ」

ようやく、陽斗が犬から解放される。だけど、全力ダッシュと、苦手な犬とのスキンシップで体力を使い果たしたらしく、陽斗に起き上がる気配はない。

「まじで犬はダメだ……」

弱気な感想が陽斗の口からもれる。そのとき、LINEのグループに反応があった。送ってきたのは葉月だ。

「これでも？」

その画面を瑛太は陽斗に見せた。「大変よくできました」というスタンプが、陽斗の目に映ったはずだ。

「……やべえ、俺、やっぱ好きだ」

陽斗の素直すぎる吐露。

「今度こそ……初詣んとき告白する」

続いた一言に瑛太が焦りを覚えたのは、すぐ横に美緒がいたから……。

絶対に聞こえる距離。

気になって横目で見ると、美緒は地面に倒れたままの陽斗を少し寂しそうに見ていた。

2

「もうちょい犬に慣れたいし、途中まで送るわ」

散歩からの帰りにそう言われて、美緒は陽斗と並んで歩いていた。瑛太と恵那とは公園で別れたので、あと一緒にいるのはラブだけ。リードを長めにした一メートルとちょっと先。テンポよく尻尾が左右に揺れている。それを見ている陽斗の横顔は、まだ緊張気味だ。

陽斗のそんな顔を見るのは、はじめてだった。普段、学校の教室では仲のいい友達とふざけ合っては、大きな笑い声を響かせている。授業中は居眠りをして先生に起こされたり、スマホをいじっていて注意されたり……それを、なんとなくクラスの笑いに変えられるのが、美緒の知っている相馬陽斗という男子生徒だった。

彼は中学の頃からそうだった。今でも覚えているのは、中学二年の期末試験。みんなが答案を書く音だけが聞こえる静かな教室でのこと。美緒が消しゴムを落とすと、跳ねるように転がって、見えないところまでいってしまった。拾いたくても拾えない。書き間違えた答えを消して直したくても、消しゴムが手元にない。「先生」と手をあげて、拾えばよかったのだと思う。でも、試験中の教室の空気には、そうした雑音を拒む緊張感があって、だから、あげようとした手は肩より上にはいかなかった。開いた口からも声は出なかった。

たった一度の躊躇いが、そのときの美緒を妙に憶病にさせた。そんなときだった。隣の席から男子生徒の手が伸びてきて、「やる」と消しゴムを机の端に置いていったのは……。

その男子生徒が相馬陽斗だった。

試験中にしゃべった陽斗は先生に怒られて、でも、美緒のことは一切言わずにみんなに笑われていた。

あの頃と比べると、横顔は大人びてきたと思う。当時はまだ少年の幼さが残っていた。背は以前から高かったけれど、もっと見上げないといけなくなった。

ふたりの関係は特に変化していない。時々話をするクラスメイトのひとり。何も起こらないその距離が一番楽で、このままでいることに随分前から慣れていた。慣れていることにすら、つい最近まで気づいていなかった。気づかせてくれたのは、突然帰ってきた中学時代の同級生。泉瑛太。

「今日、ありがとな」

「……え?」

声をかけられた気がして、美緒は横を歩く陽斗を見上げた。

「だから、今日、あんがとって。夏目、受験あんのに平気だったか?」

「大丈夫。気分転換にもなるし……散歩は家族で交代だから」

美緒と陽斗の会話など気にも留めずに、ラブはのっしのっしとご機嫌な様子で歩いている。走り回って遊べたのがうれしかったのだと思う。

「そっか。でも、まじで助かった」

「森川さんも、褒めてくれたし?」

「まあな……」

からかって会話を盛り上げるつもりが、陽斗からは本気の照れが返ってきた。こういう反応をされるといじりにくい。次の言葉が出てこない。自分じゃない相手に向けられた陽斗の感情を目の当たりにして、何かを言う気力はなくなっていた。

「そだ、夏目は？」

無理やり話題を変えるように、陽斗が明るい声を出す。

「あたしが何？」

「いや、付き合ってるやつとかいんのかなって」

「……いないって」

いつもの口調で返事をしたつもりだったけど、上手く言えたかはわからない。急に聞かれたから、露骨に視線を逸らしてしまった。

変に思われたかもしれない。その不安を打ち消すために、美緒はさらに言葉を続けた。

「今、受験のことで、頭いっぱいだし。全然そんな余裕ないに決まってんじゃん」

間違ったことはひとつも言ってない。なのに、言い訳をしているような気分になる。

「でも、好きなやつくらいいんべ？」

「……それは、まあ」

一瞬、どう答えようか迷った。けれど、いないと言い張るのは嘘っぽいと思って、美緒は曖昧に肯定した。「いる」と言ったら、陽斗がどんな反応をするのかに、正直、興味があったから。

「そっか、そりゃそうだよな」

陽斗は何かに納得したように頷いている。それは、美緒の無意識が期待していた反応とは違っていた。だから、反射的に余計なことを口走っていた。

「結構、長く片想いしてるかも」

「まじ？　俺の知ってるやつ？」

今度は意外と食いついてくる。

「たぶん」

ぽつりと美緒は答えていた。

「瑛太とか？」

見当違いの大暴投。落胆に染まった気持ちに、少しずつ苛立ちが混ざってくる。下唇を噛むと、美緒は立ち止まっていた。

「……？」

遅れて足を止めた陽斗が振り返る。

その目を、美緒は真っ直ぐに見つめた。

陽斗の顔には疑問が張り付いていて、瞬きだけを繰り返している。

「夏目?」

「……」

今、ここで気持ちを告げたら、陽斗はどんな顔をするだろう。真剣に聞いてくれるだろうか。でも、困った顔をするかもしれない。なんだったら困らせてやりたい気がする。中学からずっと溜め込んできた感情……それくらいしても許されるんじゃないだろうか。そんな風に思う。でも、思うだけで、結局は言えない。言えるはずがない。ここで言えるくらいなら、きっともっと前に言っていた。

「相馬……ちょっと、ずけずけ来すぎだって」

だから、困った顔で笑ってごまかすしかない。それ以上は何もないように。

「お、わりぃ。なんつうかさ、俺だけ森川のことばればれじゃん? だから、ちょっとな、みんなのも知りたくなって」

照れ笑いを浮かべて陽斗は道路の標識を見ていた。

「別にいいけど……」

自分でも何がいいのかわからない。全然よくない。よくないからこんな話になっている。

視線を落とすと、お座りのポーズで見上げていたラブと目が合った。つぶらな瞳に映った美緒は、上手に笑っていた。いつもの自分だ。だから、気持ちを切り替えることができた。

「ここでいいよ。送ってくれてありがと」

「おう」

「上手くいくといいね」

「ん？」

「告白」

狙い通り、陽斗は照れた様子で苦笑いをする。でも、すぐに吹っ切れたように、いつものからっとした笑顔になった。

「夏目も、今日はほんとありがとな」

手を振って、陽斗が帰っていく。その姿が見えなくなるまで、美緒も手を振った。

いつも通りの笑顔で……上手に笑っていた。

3

公園から湘南深沢駅に恵那を送る道中、喉が渇いたという彼女の要望もあって、瑛太はコンビニに寄り道した。

缶コーヒーとペットボトルのミルクティを買って店の外に出る。どちらもホット。

「これ、一応、今日のお礼」

外で待っていた恵那に、ミルクティの方を渡した。

「いいの？　ありがと！」

大げさに言って、恵那がキャップを開ける。一口飲んで、ほっと一息。吐き出された白い息は、寒さよりも彼女の体温を瑛太に感じさせた。表情の変化や仕草が大きいせいか、恵那はひとつひとつの行動が絵になる。

まだ学校の中で彼女を見たことはないけれど、いい意味でも、悪い意味でも、目立つ生徒なのだと感じた。

そんな瑛太の視線に気づいた恵那が「ん？」と顔を向けてくる。でも、瑛太は目が合いそうになるのを上手に避けた。プルタブに指をかけて、缶コーヒーの蓋を開ける。

「泉先輩って、どう思ってんの?」

突然の奇妙な質問。言葉が足りていなくて、何のことかわからない。

「どうって、何が?」

「相馬先輩のこと」

首から下げたデジカメを、恵那は器用に片手で操作している。カメラの液晶画面に表示されているのは、今日も勝手に撮りまくっていた瑛太や陽斗、美緒の写真の数々。次々に写真を送る恵那の横顔から質問の真意は窺えない。

「どうって……中学ん頃からの友達」

だから、模範解答のような返事を瑛太は選んだ。

「それだけ?」

どこか意味深な視線。見上げてくる恵那の瞳は何か知っているようにも思えて、瑛太の中で警戒心が強まっていく。

「一番仲よかった友達」

「ふーん」

全然納得した様子はない。聞きたい答えじゃないという反応だ。

「なんだよ?」

その態度が気になって、瑛太は考えなしに聞き返してしまっていた。

すると、恵那はまた別の質問をぶつけてくる。

「じゃあ、会長のことはどう思ってるの？」

瑛太に向ける表情はどこからどう見ても楽しげだ。

「……中学んとき、クラスが一緒だった女子」

なるべく意識しないよう、瑛太は普通に答える。

「つーか、その会長って呼び方さ。夏目、高校でも生徒会やってんだな」

わざわざ話題に踏み込んだのは、話の軸をずらしたかったから。

「もう引退したけどね。元生徒会長。中学んときも？」

「副会長とかやってた」

「さすが、よく知ってんね」

「普通知ってるだろ、そんくらい」

「興味ないのに、副会長とか、書記まで覚えてる？　私、全然記憶にないけどな」

「……」

狙った方向に話が転がらないのは、恵那が意図的に軸を戻しているからだ。どうにも、外堀を徐々に埋められているような窮屈さを感じる。そして、それが気のせいなんかじゃないことは、あとに続いた恵那の言葉が痛いほどに教えてくれた。

「つまり、泉先輩は、美緒先輩のどこが好きなの？」

「……なんだよ、つまりって」

肯定も否定もしなかったのは、どっちに偏ってもその言葉に乗せた感情が命取りになると直感したから。興味がないふりは、意外と上手くいったと思う。

「これ、証拠写真」

だが、最初の攻撃をなんとか凌いだ瑛太に対して、恵那はデジカメの液晶画面を見せてきた。映っていたのは、ほんの二十分ほど前の瑛太。それと、美緒と陽斗だ。公園内の野原に寝転んだ陽斗。その陽斗を寂しげに見ている美緒。そして、瑛太はそんな美緒を気にして視線を送っている。

他人の気持ちなんて実際にはわからない。わからないけれど、恵那がシャッターを切ったその一枚には、写ってほしくない気持ちがありのままに写し出されていた。

だから、理性で取り繕う前に、体が反応していた。

「お前、また勝手に！」

恵那のデジカメを奪おうと手を伸ばす。それを恵那はさらりと避けた。空振りした手がむなしく宙を舞う。

「美緒先輩の好きなところひとつ言えたら、消してあげる」

挑発するように言われて、何も摑めなかった手を瑛太は渋々下ろした。

問われた中身について考える。夏目美緒の好きなところ。正直、迷うような質問じゃない。答えはすんなりと言葉になった。

「不器用なとこ」

不満そうに瑛太が言うと、恵那は吹き出して笑った。

「それ、会長には絶対言わない方がいいよ」

「言うわけないだろ」

ますます不機嫌な顔になっているのを自覚する。コンビニの窓ガラスには、つまらなそうな瑛太の横顔が映っていた。

「ほんと泉先輩っていいよね。好きだよ、私は」

「人としてね」

「そう、人として」

「俺は小宮さんがほんと苦手です。人として」

「それ、よく言われる」

けらけらと空に笑い声を飛ばす。

「今の調子で、会長にも告白すれば?」

「だから……」

「苦手って告白するよりいいと思うな、人として」

瑛太が反論する前に、恵那は最後まで言い切った。こういうところが苦手だ。

「ま、相馬先輩の告白が上手くいってからの方がいっか」

こういうところも苦手だった。本当に。

ただ、不思議と嫌いになれないのは、恵那の発言の正しさを認めていたからだし、嫌味のない彼女の雰囲気を、どこか羨ましくも感じていたからだと思う。そんな風にできたらいいのに……という空気を恵那は持っている。

だが、その気持ちを素直に表せるかというと、それは別問題だった。言われたことに対してはむかつくし、理屈は理解しても感情では納得できない。

「そうだ、これ。渡そうと思ってたんだ」

瑛太の不機嫌は見事にスルーして、恵那はリュックから取り出した何かを瑛太に差し出してきた。押し付けられるまま受け取ったのは一枚の写真。あのとき……一打席勝負をしたときの写真だ。それも、ホームランを打たれた瞬間。「やられた」と感じたその一瞬。驚きの中に、悔しさを含んだ瑛太が写っていた。ファミレスで会ったときにはなかったはず。

「……」

野球をやめて四年が経つ。その間、ずっと練習を続けていた陽斗に負けて、悔しいなんて思うのは、おこがましいに決まっている。決まっているけれど、感情はそう動いてしまった。どこかでずっと陽斗に勝ちたいと思っていたから。

「マウンドに立つ前から、負けても知らないよ？　じゃあね」

言いたいことだけ一方的に言って、恵那は駅がある方に歩き出した。後ろ姿はすぐに見えなくなる。

取り残された形の瑛太は、改めて写真に目を落とした。

「なんて顔してんだ、俺……」

何度見ても、悔しさが表情に張り付いている。指でこすったくらいでは剝がれないほど強烈に。そう思う感情の根っこがどこにあるのか、今ならわかる気がした。勝ち負けじゃないことはわかっている。だけど、勝つか負けるかではやっぱり勝ちたい。勝ち陽斗に勝ったという自信があれば、この気持ちを彼女に伝えられる気がするから。

4

毎年、大晦日は、一年で一度だけの特別な気分になる。何かあるような、普段より気持ちが高ぶっている感じ。別に、昨日の続きの今日が来て、今日の続きの明日へと変わるだけなのに……遺伝子にでも書き込まれているのか、瑛太の体は今年も今日が大晦日であることを知っているようだった。

毎年の恒例で、夕飯はお寿司が出た。近所のスーパーで買ったやつ。普段、お酒を飲まない父親が、この日だけは缶ビールを一本だけ空ける。すぐに顔を真っ赤にして、紅白歌合戦が終わる前に寝てしまうのも例年通りだった。

瑛太にとって、例年の大晦日と違うのは、これから出かける約束があること。

大トリの大物演歌歌手がこぶしを利かせて歌いはじめた頃、自室に戻った瑛太はダウンジャケットをクローゼットから出し、羽織ってジッパーを上まで上げた。

財布とスマホだけをポケットに突っ込んで部屋を出ると、リビングでTVを見ていた母親が怪訝な表情を瑛太に向けてくる。

「反抗期？」

こんな時間帯だ。出かける準備を整えた息子に対して、母親がそんな風に思うのは仕方がないことなんだろう。

「友達と初詣」

短く答えて、玄関にそそくさと向かう。

「年越しそばは？」

玄関までついてきた母親が背中に問いかけてくる。

「置いといて、帰ってきたら食べる」

「年越しちゃったそばじゃないの、それ？　あ、気を付けてね」

「いってきます」


マンションを出た瑛太が向かったのは、県道32号線沿いにある二十四時間営業のスーパー。店前の駐車場の隅で立ち止まる。

ここが待ち合わせ場所。初詣に行くのを今日にしたのは、受験生である美緒を気遣ってのこと。夜に行って、短い時間で済ませようという計画だ。

スマホを出して時間を見ると、十一時半になろうとしていた。

「そろそろ、いっか」

ＬＩＮＥを起動する。五人で作ったグループに、「ごめん、家の用事で行けなくなった」と打ち込んだ。すぐに既読は「４」になり、「ごめん、あたしも。やっぱ勉強しときたい」というメッセージが美緒から届く。そのあとに「風邪ひいたっぽいから、私も今日はパス」と依子まで言い出した。

――俺、もう藤沢本町駅にいんだけど！

　慌てた様子の陽斗のメッセージ。

――私も、もう着くよ

　最後に反応したのは葉月だ。

　それを待って、瑛太は「だったら、ふたりは行ってきて」と返事を打った。美緒と依子も示し合わせたように賛成している。

　それも、そのはず。ドタキャンして、陽斗と葉月をふたりきりにしようと三人で計画していたのだから。最初に言い出したのは美緒だ。初詣の日程が決まった直後に、瑛太にだけＬＩＮＥで連絡をしてきて、そのあと依子を巻き込んだ。

　そのために、三人だけのグループも作ってある。そっちに、「グッジョブ」のスタンプが依子から送られてきた。

　瑛太もサムズアップのスタンプで応えていると、一台の車がスーパーの駐車場に入ってきた。ヘッドライトの眩しさが気になって目を向ける。止まった車の助手席から美緒が降りてきた。瑛太を見つけるなり、「用事はもういいの?」と、悪戯っぽく聞いてくる。

「夏目こそ、勉強は?」

「合格祈願も大事でしょ」

だからこそ、五人での初詣はドタキャンしておきながら、瑛太はここで待っていた。依子から「夏目さんの合格祈願は行こうよ」と誘われたのだ。

あとはその依子が来るのを待つだけだが、その前に別の知り合いが瑛太の目に留まった。美緒の後ろから近づいてくるのは、どことなく美緒に雰囲気の似た女性。違うのは、美緒より年上で、背も少し高いこと。

「瑛太君、久しぶり」

小さく手をあげて、美緒の隣までやってきたのは美緒の姉である夏目美奈(みな)。学年はふたつ上。中学では一緒の時期があったので瑛太も知っている。今は大学生のはずだ。

「どうもです、美奈さん」

「ほんとに帰って来てたんだ。ちょっと背ぇ伸びたね」

「まあ、ちょっとは」

「あたしのときは気づかなかったのに、なんで、お姉ちゃんにはすぐ気づくの?」

挨拶を交わしただけで、美緒からはそんなことを言われた。

「美奈さんはあんま変わってないし」

「そこは綺麗になったって言ってくれないと」

「じゃあ、綺麗になりました」

言われた通りに従うと、美奈は口元で笑っていた。「変わってないね、瑛太君は」

と勝手に納得している。

「でも、美緒もかわいくなったでしょ?」

「お姉ちゃんはわさび買いに来たんでしょ。お母さんに頼まれて。もう行ってよ」

話題が自分に飛び火したのを嫌って、美緒が美奈をスーパーの入り口の方へ押していく。

「はいはい、じゃ、美緒のことよろしくね」

肩越しにひらひらと手を振って、美奈はスーパーの中に入っていった。

「……」

「……」

無言でその後ろ姿が見えなくなるのを見送る。

「あたしには言わないんだ」

道路の方に向き直った美緒が、独り言のように聞かせてくる。

会話の流れでさらりと言える気もしたけれど、いざ口を開けると言葉は音にならなかった。何か言おうとした素振りだけが残って、ふたりの周囲がおかしな空気で満たされていく。

そこに、時間通りに依子がやってきた。

「あ、いたいた」

けれど、瑛太も美緒も、反応が鈍くて、「ごめん、遅刻だった?」と困った顔をしていた。


「ここ、葛原岡(くずはらおか)神社って言ったっけ?」

「うん」

坂になった細くて長い参道。依子と美緒が前を歩き、瑛太はその後ろに続く。

「こっち住んでると、初詣はここなんだ」

同じ高校の生徒でも、藤沢市に住んでいる依子は、あまり鎌倉側には来ないのだろう。

「あたしはずっとそう。お父さん、近いところがいいって言うから」

「それ、うちもだ」

「この辺、有名な神社いっぱいあるけど、地元だと意外と行かないよね」

「だって、すっごい混むじゃん。その分、ご利益あればいいんだけどさ」

罰当たりなことを依子が言って笑っている。

「あるかもよ」

「じゃあ、合格祈願、そっちがよかったか〜」

美緒とふたりだと間が持たない感じだったが、依子がいてくれれば問題なさそうだ。

一緒に水族館に行くまでは、あんまりクラスでは話したことがない雰囲気だったけど、ふたりとも自然に会話が弾んでいる。

そんなふたりのおしゃべりを耳に入れつつ、瑛太はスマホを取り出した。たぶん、そろそろ日付が変わる頃。

「泉？」

振り向いて、美緒が視線を送ってくる。そのとき、時計の表示は新しい年に変わった。スマホの画面を見せて、「あけましておめでとう」と口にする。

「テンション、ひくっ！」

言いながら依子が笑い出す。笑いながら、新年の挨拶を美緒とも交わした。

そのあとは、三人とも自分のスマホに視線を落とした。みんな考えることはだいたい同じで、友達から新年の挨拶が届いているのだろう。

瑛太のところにも、福岡にいた頃の友達から「あけおめ」が続けて送られてきた。それにひとつずつ返事をしておく。

唯一手が止まったのは、一個だけ女子から届いたメッセージがあったから。別に浮ついた気持ちになったとかではない。「あけおめ！」と送ってきたのが小宮恵那だったから。ちょっと警戒して、立ち止まってしまう。

「泉？」

気づいた美緒が後ろを気にしている。

「なんでもない」

手の中ではスマホがぶるぶると連続して震え、立て続けにメッセージが届く。

——私、決めたから

——泉先輩、応援するって

——さっさと、会長とくっついて

——私に感謝してね！

——お礼は、コンクールに写真出すんでいいからさ！

返事を打つ間すら与えない怒涛の連続送信。

最後には、体育祭のときにでも撮ったのであろう、体操着でポニーテール姿の美緒の写真を送りつけてきた。

「もしかして、相馬から？」

「違う」

近づいてきた美緒にスマホを見られないように、ポケットにしまう。

「九州の友達？」

「そんな感じ……」

適当にごまかすつもりだったが、側にきた美緒から視線を逸らしたせいで、妙なやましさが出てしまった。

「なんか、あやしー」

当然のように、美緒は疑ってくる。

下手に言い訳をしてスマホを見せろと言われるのも嫌だったので、瑛太は素直に白状する作戦に出た。

「……夏目に押し付けられた写真の女子。あいつ、いつもああなのか？」

「ああって?」

「なんかパワフル」

「うん、いつもパワフル」

「写真って、ああ、二年の小宮? 陸上の大会も、原付で遠くの会場まで撮りに来てんね」

ひとり納得した様子で、依子が会話に参加してくる。

美緒と瑛太のやり取りだけで、人物を特定できるのだから、やっぱり恵那は学校でも十分目立つ存在のようだ。

「いろんな意味ですごいな」

だから、そんな感想にもなる。

「でも、男子って、ああいうの好きでしょ?」

「へ~」

なぜか、不機嫌な声を出しながら、不機嫌な視線を美緒は瑛太に向けてきた。

「陸上部の男子の間じゃ、かわいいって人気だよ」

「別になんとも思ってない」

「むきになるところが怪しい」

これ以上続けても、いいことは何もない。瑛太は立ち止まっていたふたりを追い抜いて、さっさと初詣に向かうことにした。

本殿の前には順番待ちをする参拝客の短い列ができていた。十数名が作る五、六メートルの列。その一番後ろに三人で並ぶ。

順番はすぐに回ってきた。瑛太、美緒、依子が横一列に立ち、お賽銭を入れる。瑛太はこの日のために取っておいた生まれ年の五円玉を投入した。

代表して美緒が鈴を鳴らす。それを待って、二礼二拍手。「夏目が大学に合格しますように」とはっきりお願いをして、一礼。美緒と依子を待って、本殿の前から離れた。

参拝客の緩い流れに沿って歩いていると、パイプ式の白い天幕の下に人の集まりが見えた。

「甘酒配ってるんだ。もらってくんね」

言っている途中から、依子は天幕の方へ小走りしている。両手に紙コップを持って、すぐに戻ってきた。

「はい」

瑛太と美緒に差し出してくる。

「どうも」

「ありがと」

そして、再び天幕に向かうと、依子は自分の分をもらってきた。今夜はだいぶ冷え込んでいるので、湯気の立つ甘酒を飲むとほっとする。

「そういや、甘酒ってお酒なの？」

素朴な疑問を依子が口にする。

「アルコール含有率は一パーセント未満だから、法的にはアルコールじゃない」

「へ～」

感心したような依子の反応。

「さすが、推薦組だね」

美緒はなんだか棘のある感想を返してきた。

「いや、普通知ってるでしょ」

「普通は、『アルコール含有率は一パーセント未満だから、法的にはアルコールじゃない』なんて言い方しないでしょ」

大げさに美緒が瑛太の口調を真似してくる。やけに絡んでくるというか、突っかかってきている感じ。変な方向にテンションが高い。わざとそう振る舞っているというか……。気になることから目を背けようとしているというか……。

「あ、依子先輩」

「なんでいるんですか？」

声とともに近づいてきたのは女子の集団。全員が「柏尾川高等学校陸上部」の刺繍が腕に入ったジャージを着ている。

「あけおめ。鎌倉組は、初詣ここだったんだ」

「駅伝が近いんで」

「みんなで必勝祈願です。依子先輩も一緒にお願いします」

どうやら、全員が依子の後輩らしい。水族館に行ったときに、大学をスポーツ推薦で決めた元陸上部だとか言っていた気がする。

「えー、私も？」

困った顔をする依子の両手は、すでに後輩ふたりに捕まっていた。だいぶ、慕われているみたいだ。

「ごめん、私、ここでいいかな？」

首だけで依子が振り向いてくる。

「うん」

美緒が返事をして、瑛太は頷いておいた。目的の初詣と合格祈願は無事終えている。

「じゃあ、また」

後輩たちに囲まれたまま、依子は本殿の方へ引き返していく。

残されたのは瑛太と美緒のふたりだけ。ついさっきまで賑やかだった空間は、静けさに包まれていく。

特に話すこともなくて、お互いちびちび甘酒を飲んでいた。でも、それもずっとは続かない。紙コップの底はすぐに見えた。

「貸して、捨ててくる」

美緒の手が、空っぽの紙コップを瑛太の手から奪っていく。天幕の脇に設けられたゴミ箱に捨てて隣まで戻ってきた。

そこで、「じゃあ、帰ろうか」とは、どちらからも言い出さない。

「……」

「……」

この場所に、用事が残っているわけじゃない。誰かを待っているわけでもない。ただ、気になっていることがある。それだけのことだった。

ふたりで初詣に行った陽斗と葉月は今頃どうしているだろうか。

今日こそ告白すると宣言していた陽斗は、きちんと気持ちを伝えられたのだろうか。

葉月はなんて返事をしたのだろうか。

それが気になって、帰るのを躊躇っている。瑛太と美緒がどこにいようとも、何をしていようとも、結果が変わるはずもないのに。

「相馬さ」

今、思い出したような口調で、美緒はその名を口にした。

「ちゃんと、告白できたかな」

夜の空気に溶けていきそうな小さな声。

「さあ」

瑛太は興味のないふりをして答える。

「この前みたくなってなきゃいいけど」

少し大げさに、美緒は思い出して笑った。

そういう美緒を見るたびに、痛々しいと思ってしまうのは間違いなんだろうか。

「『俺、明日ヒマなんだ』はないよね、さすがに」

「言おうとしたのはすごいでしょ」

その事実と勇気を笑うことはできない。

「……そうだね」

きっと、それが美緒にも伝わったから、神妙な顔で頷いたんだと思う。

「ねえ、あれ引かない？」

急に明るい声に戻った美緒がおみくじを見ている。

よく見ると「恋みくじ」と書いてある。名前からして恋愛関係の運勢が中心のおみくじ。

「普通に嫌だけど」

どうしてそんなものを、この状況で美緒とふたりで引かなければならないのか。罰ゲームにしか思えない。

だけど、美緒の方はやけに前向きで、「いいから、引くよ」と瑛太の腕を摑んで引っ張っていく。

それを振り払う勇気もなく、瑛太は「恋みくじ」の前まで連れてこられてしまった。

美緒が財布から百円玉を出す。その目に見つめられて、瑛太も百円玉を出した。

美緒、瑛太の順番で引く。

帯のようにたたまれたおみくじを開くと、「吉」と目に入った。それ以外は読む気にはなれない。

「末吉とか、微妙……」

隣では美緒のそんな声がした。

「泉は？」

美緒が覗き込んでくる。「吉」の部分を見た美緒は、「普通」とぼやいていた。

「まあ、でも、恋愛運なら悪くてもいっか。運は、受験にとっとかないと」

気にしてないというポーズで明るく笑い飛ばしている。それはどうしても空元気にしか見えない。大事なことから目を背けようとしている。意識しないようにしている。気持ちに蓋をして、心の奥底に沈めて、忘れようとしている。それでいいはずがないのに、それでよかったことにしようとしている。

そう思うと、気持ちが溢れて瑛太はほとんど無意識に口を開いていた。

「……いいのかよ」

夜の静けさに瑛太の声が溶けていく。

「そりゃ、末吉はよくないって」

どこかわざとらしい大げさな反応。

「そうじゃなくて……」

　無理をしている美緒の態度が気に入らなくて、少し言葉が強くなった。

　その声のトーンの変化に、美緒の表情から笑顔が消える。

「……そうじゃないって、何？」

　瑛太の発言を警戒しているのがわかる。瑛太を見据える瞳は、「それ以上言わないでよ」と語っていた。今までは、ここでやめることができたと思う。だけど、今日ばかりはそういう美緒の反応が、瑛太を逆の方向へと引っ張った。

「陽斗のこと」

　意思と意図をもって、一番意味のある名前を口に出す。

「……」

　美緒の瞳がわずかに揺らぐのを感じた。でも、瑛太から目は逸らさない。笑ってごまかすこともしなかった。

「中学からずっとだよ。こじらせすぎでしょ」

　自分で自分を蔑むような美緒の嫌な笑み。

「だから……」

　ちゃんと気持ちを伝えた方がいい。そんな顔をするくらいなら……。そう続けるつもりだったのに、その言葉は美緒によって遮られた。

「今は受験あるし。誰かと付き合ってくれれば、すっきりすると思うんだよね。むしろ、そうなってくれた方が、絶対受験に集中できるって。だから、あたしの合格のためにも、相馬にはがんばってもらわないと。でしょ?」

瑛太にしゃべる間を与えずに、美緒は一気にそうまくし立ててきた。

本当にそれが正解であるような、もっともらしい顔をして……。

「全然、よくないだろ、それ」

「なにが?」

「必死に、受験言い訳にしてさ」

言うべき言葉じゃないのは言っている途中で理解した。理解したけれど、じれったい美緒を見ているもどかしさに気持ちは苛立って、自分をコントロールできなくなっていた。だから、止めることなんてできなかった。

「っ! 言い訳なんかじゃ! 『吉』のくせに偉そう……」

「『末吉』よりはいいし」

こんなのは子供の喧嘩より酷い。口火を切ったのは瑛太だったのだと思う。視界の中で、明確に美緒が苛立つのを感じた。そして、それが間違いじゃなかったことは、美緒の言葉が痛いほどに教えてくれた。

「泉には関係ないじゃん！」

どこまでもストレートな否定。

目を見開いて美緒が睨みつけてくる。それが、悲しくて、悔しくて、瑛太は何かを
耐えるようにぐっと拳を握った。

「関係ないんだから、黙ってて！」

「なんだよ、それ……！」

虚勢でも気持ちを前に出していないと自分を保てそうになかった。だからと言って、
吐き出せる言葉など残ってはいない。美緒の否定に打ち勝つだけの気持ちなど、瑛太
の中にはたったひとつしかなかったから……。

「俺だって、ずっと夏目のこと……！」

あまりにも自然にその言葉を言いかけた。言いかけておいて、途中ではっとなった
のは、少し怪訝な反応をした美緒の表情が目に入ったから。

言おうとしている言葉の続きを、瑛太は咄嗟に呑み込んでいた。

「中学んときから……知ってんだからさ」

握っていた拳から力が抜ける。

「関係ないは、ないだろ……」

美緒のことを見続けてはいられず、目を伏せるように瑛太は俯いた。

「……」

彼女は何も言わない。ただ、視線だけを感じる。どこか揺らいだ視線。そこには、疑問が混ざっていた。

「……ごめん。余計なこと言った。ごめん、先帰る」

これ以上、この場に留まっている勇気などあるわけがなくて、瑛太は美緒の脇をすり抜けて、来た道を走って帰った。

「あ……」

呼び止めようとする美緒の声が聞こえた気がしたけれど、立ち止まることはできなかった。振り返ることもできなかった。

5

なんだったんだろう、あれ。

初詣の帰り道、美緒はずっとひとつのことを考えていた。

家に着いても、お風呂の中でも、彼のことが頭から離れない。あんな風に感情をあらわにした泉瑛太を見たのははじめてだった。怒ったりしないんだと勝手に思い込んでいた。

明らかに苛立って、何か言いかけて、どこか傷ついたような顔をして先に帰ってしまった。美緒をその場に残して……。

おかげで、ひとりで帰ってくるはめになった。

本当に、なんだったんだろう。

わからない。わからないから落ち着かない。

「やだな、こういうの……」

ベッドにうつ伏せに倒れる。

全然すっきりしない。でも、何かを気にして、こうして考え事をすることで、さっきまでの苛立ちはどこかへと消えていた。冷静な自分を取り戻すことができている。

瑛太に言われた言葉を思い出しても、反発する感情に頭の中が支配されることはなかった。もちろん、少しはイライラするけれど……。

「言われなくてもわかってるって……」

自分でこじらせていると言ったくらいだ。自覚はある。だから、瑛太に本当のことを言われて反発した。正しいことを言われて拒絶した。それ以外に自分を守る手段が美緒にはなかったから……。

そんな自分をどうして彼は構ったのだろうか。

他人の片想いなんて放っておけばいい。美緒だったら口を挟まないと思う。あんな風に、誰かに踏み込む自信はちょっとない。

じゃあ、どうして……。

「心配してくれてたのかな……」

頭に浮かんだ考えを口に出してみる。すると、それが真実のようにも思えた。

一応、謝っておこうかと思い、スマホに手を伸ばす。LINEを起動して、「えーた」の名前に指で触れた。

「……」

でも、やっぱり、余計な口出しをされたという気分もあって、素直に謝る気にはまだなれなかった。

「ていうか、そっちから謝ってこいっての」

スマホは枕の脇に投げる。

そのカバーを美緒はじっと見つめた。

今日届いたＬＩＮＥは、友達としたＬＩＮＥのやり取りが最後。

陽斗と葉月がどうなったのかはわからない。何の連絡も来ていなかった。

すっきりしない気持ちだけが募っていく。

「ほんと、やだな。こういうの……」

Chapter 4

Rolling stones

1

こんがりと焼き色のついたトーストの熱で、バターが美味しそうにとろけていく。毎朝の幸せの光景。トーストの真ん中がバターでひたひたになっていく様子を眺めるのは、美緒にとっての日課だったが、今朝は少しばかり違っていた。

トーストのお皿は視界に入っているけれど、意識はその隣……スマホに向いている。LINEの着信があるたびに、ダイニングテーブルに置いたままのスマホを指先で操作した。やり取りの相手は、同じクラスの友達。

早苗、真由子、桃花と美緒の四人で作ったグループには「おはよう」とか、「もっと休みほしい」とか、「久々だし、会えるの楽しみ！」といった書き込みが並んでいる。美緒も「あとで、学校でね」とフリック操作で打って、メッセージを送信した。

「美緒、お行儀悪いわよ」

テーブルを挟んだ真向かいで、母親が嫌そうな顔をしている。スマホを操作しながら、片手でトーストの角を器用に摘まんで口に運んでいるのだから、注意されるのも当然だった。

「わかってる」

口を尖らせ、スマホからは手を離す。でも、美緒の視線は約五インチの画面に向けられたままだ。

「そんなに気にして、彼氏？」

からかうような口調で言ってきたのは、美緒の隣に座っている姉の美奈だ。先に朝食を終えた美奈は、ミルクをたっぷり入れたコーヒーを飲んでいる。

「あら、付き合ってる男の子なんていたの？」

母親が素直に驚いた顔をする。

「美緒、そうなのか？」

黙って新聞を読んでいた父親まで、少し戸惑った様子で会話に参加してきた。

家族でこういう話をするのは、ただただ気恥ずかしい気持ちになる。今は物理的に返事ができないことをアピールするように、美緒はトーストの残りを口に押し込んだ。コップの牛乳を喉に流し込む。何度か咀嚼してまとめて飲み込むと、「ごちそうさま」を一方的に告げて、一番先に朝食のテーブルを離れた。

制服に着替えた美緒が家を出たのは八時過ぎ。近所の家々から正月飾りも外されて、街の空気はすっかり平常運転に戻っているように感じた。

出かけていくスーツ姿の男性。小学生の集団。友達とふざけながら走っていく中学生もいた。全部がいつも通りの光景。

家のすぐ側にある中学校のグラウンドからは、朝練をする掛け声が聞こえる。野球部のようだ。

敷地の裏手に伸びた細い抜け道の坂を、美緒はグラウンドの様子を伺いながらゆっくりと下った。グラウンドの向こう側には白い校舎が見えている。

美緒も通っていた地元の中学校。相馬陽斗と泉瑛太もここに通っていた。あの頃より校舎もグラウンドも小さく見える気がするのは、卒業から三年近くが経過して、美緒が成長したせいだろうか。

あの頃にはもう戻れない。戻りたいわけじゃないけど、戻れない。高校を卒業しても、同じように思えるだろうか。起きてからずっとスマホを気にしている今の状況では、絶対に後悔が残るような気がする。やり直したいと思ってしまう気がした。

ＬＩＮＥ画面を開くと、更新の止まったグループに自然と目が留まる。年末に新しく作ったばかりのグループ。参加しているのは全部で五人。相馬陽斗、泉瑛太、森川葉月、乾依子と夏目美緒。

やり取りは、十二月三十一日を最後に止まっている。初詣に行って以来、四人とは誰とも連絡を取っていなかった。何もないまま、短い冬休みは終わってしまい、三学期の初日となる一月九日を迎えている。

教室に行けば、陽斗、葉月、依子の三人とは会うことになる。同じクラスだから。瑛太にも会うかもしれない。今日からは同じ学校に通う同級生なのだから。

一刻も早く顔を合わせて、はっきりさせてしまいたい気持ちはある。

でも、それ以上の気まずさもあって、できれば会いたくない。

先にＬＩＮＥでみんなの気分を把握しておきたかった。

そんな思考に囚われているうちに、柏尾川高校の正門が見えてくる。美緒の家からだと歩いていける距離にある。

正門に生徒たちが吸い込まれていく。美緒もその流れの一部になった。

三学期の初日。正月明けらしいどこか浮足立った空気を感じる。顔を合わせていなかった約二週間のブランクを埋めるために、同級生同士がお互いの距離を確認し合っているのだ。そのちょっとした自意識が、みんなのテンションを少しだけ高くしていた。

昇降口で上履きに履き替えていると、そうした雰囲気とは違ったざわめきに気づいた。顔を上げて、その正体を探す。廊下の方に、学ランを着た男子生徒の後ろ姿が見えた。泉瑛太だ。

「なにあれ？　転校生？」

「そうなんじゃない？」

そんな会話があちこちから聞こえてきた。別に深い興味を抱いているわけじゃない。校内に紛れ込んだ異質な存在に対して、みんなで情報を共有しておきたいだけ。そういう空気。

結局、瑛太とも大晦日のあれっきりだ。何の連絡もなければ、当然、何の謝罪もない。帰り際に「ごめん」とは謝られたけれど……。

でも、お互いが納得する形の決着はついていないと美緒は思っている。少なくとも、美緒はもやもやしたままだ。とはいえ、どっちがボールを持っているのかと聞かれたら、ちょっと微妙な状態ではあった。謝られたことへの返事を、美緒がしていないのも事実だから……。そのせいで、すっきりしない。

「あたしが悪いみたいじゃん」

恨みがましく、瑛太の背中を目で追いかける。けれど、瑛太は美緒の視線に気づくことなく、階段を上がっていってしまった。

「美緒、おはよ」

後ろから声をかけられて振り返る。真由子と桃花がいた。

「おはよ」

「なに、相馬でもいたの？」

美緒を壁にして、桃花が廊下を覗き込む。

「え、なんで？」

「なーんだ、違うのか」

大げさに桃花が落胆する。

「なに、急に？」

片想いのことは、桃花や真由子に話したことはない。

「そだ。これを美緒に。じゃーん」

でも、桃花は美緒の疑問には答えてくれず、鞄から白い紙の包みを出して美緒に渡してきた。中に入っていたのは、学業成就の刺繍が施されたお守り。

「ありがと。合格祈願してくれたんだ」

「当たり前じゃん。あと、まゆちんからも」

桃花に促された真由子も、鞄から同じ紙の包みを出して、美緒にくれた。こっちには、恋愛成就のお守りが入っていた。しかも、よく見ると、透明のシートで包装された お守りの台紙には白旗(しらはた)神社と書いてある。

そこは、陽斗たちと五人で初詣に行こうと約束した神社。当日に美緒たちがドタキャンして、陽斗と葉月をふたりで初詣に行かせた神社のお守りということになる。

「美緒？」

桃花が怪訝な様子で美緒の顔を覗き込んでくる。

「あ、ううん。なんでも。てか、なんで、恋愛成就？」

「まあまあ、皆まで言うな」

何か得意げに桃花が笑う。

「なんかこわいなぁ、その顔」

「あ、早苗！　あけおめ～！」

昇降口に入ってきた早苗に気づいて、桃花はそっちに行ってしまう。

「美緒」

「ん？」

残った真由子に声をかけられて顔を向けると、真由子は真っ直ぐに美緒の目を見ていた。

「悩んでることあったら、何でも言ってね」

「……え？　うん、ありがと」

チャイムが鳴る。予鈴だ。それを合図にして、いつもの四人で教室に向かった。

三年一組の教室に入ると、真っ先に陽斗の笑い声が聞こえた。教室の真ん中。机に座ってクラスでも仲のいい猿渡順平（さるわたりじゅんぺい）、石垣陸生（いしがきりくお）とスマホをいじりながら談笑している。

「俺、全然レア出ねー！」

ゲームでもしているようだ。

「だから出るって、なあ、陸生？」

「出る。所詮、リアルラック」

「陽斗も、陸生もここで運使い果たせ！　俺は受験にとっとくし！」

教室にいる男子のいつもの会話。何が面白いのかわからないことで笑って、ふざけて、また笑っている。

普段通りの陽斗の様子をなんとなく見ていると、美緒は横から視線を感じた。教室の奥の方から美緒を見ていたのは葉月だ。どことなく困ったような表情をしている。

近づいて話しかけるのも不自然だと思い、美緒も同調するように微笑むしかなかった。

「あけおめな。卒業までよろしく。んじゃ、座れー」

後ろから担任の渡辺先生が教室に入ってくる。

言われるまま、美緒は自分の席に座った。

このあとの予定について、渡辺先生が説明をはじめる。朝のHRに始業式、戻ってからクラスのHRをやって解散。その言葉は聞こえているのに、美緒の頭には全然入ってこなかった。

LINEのやり取りが止まっていた時点で、この結果を想像しなかったわけじゃない。たぶん、そうだろうとは思っていた。でも、実際に、困った様子の葉月の顔を見れば、どうすればいいかはわからなくなったし、妙に明るく振舞っている陽斗に、声をかけようなんて思えるわけがなかった。

渡辺先生のやる気のなさそうな発言に、陽斗がいつも通り突っ込みを入れている。

教室には軽い笑いが起きた。

一緒に笑えればよかったんだろうか。でも、美緒にはできなかった。視線の置き場に困って俯く。すると、ブレザーのポケットの中で、スマホが振動するのを感じた。

桃花か真由子が何か言ってきたのかもしれない。そう思って机の下でスマホを確認した。その瞬間、美緒の口は「あ」の形に開いたまま少しの間だけ固まった。

ＬＩＮＥを送ってきたのは、意外な人物だったから。

2

店内用のマグカップに入ったカフェラテをテーブルに置いて美緒が席に座ると、

「ごめん。突然」と森川葉月は申し訳なさそうな顔をした。

「ううん。気にしないで、このあと予備校もあるし……駅には出る予定だったから」

始業式と三学期最初のＨＲを終えたあと、教室は別々に出て、美緒は葉月と藤沢駅のファッションビルの二階にあるタリーズで待ち合わせをした。

さっき、葉月の方から「相談したいことがあるんだけど、いいかな?」とＬＩＮＥを送ってきたのが切っ掛け。

昼前のカフェは程よく混雑していて、店内にいる客層はまちまちだ。隣の席では、スーツ姿のサラリーマンがノートＰＣをテーブルに広げて何か作業をしている。もうひとつ隣では、大学生らしき女性ふたりがスマホを見せ合いながら旅行の計画を立てていた。窓際の席では、おばさまたちが芸能人の噂話で盛り上がっている。

ぱっと見た感じでは、知り合いや同じ高校の制服は見当たらない。

「相談っていうのは、その……大晦日のことなんだけど」

カップから視線を上げた葉月の目は、戸惑いながらも美緒を真っ直ぐに見ている。

「その様子だと……相馬、ちゃんと告白したんだ」

言っている途中で、美緒は意識的に視線をカップに落とした。葉月の感情や言葉を正面から受け止める勇気はない。あたたかいカフェラテを一口飲んで、心を落ち着ける。

「みんな、知ってたんだよね。依子から、こないだ聞いて……」

「ごめん。森川さんと相馬をふたりにしようって言い出したのあたしなの」

自分の声が少し遠くに聞こえる気がするのは、緊張しているから。

「ううん」

気にしてないと葉月が首を横に振る。

「でも……その、つまり、断ったってことでいいんだよね?」

落ち着こうとしても落ち着けないまま、美緒は恐る恐る葉月の様子を伺った。

「うん」

短い返事。それだけでは、葉月の真意を汲み取ることはできない。

「……」

「……」

沈黙が気まずくて、お互いの間を埋めるように、美緒も、葉月もカップに口をつけた。

「こういうこと、はじめてだったから」

カップを両手で包むようにして持ったまま、葉月はぽつりと呟いた。どこか、自分の気持ちを自分で確かめようとしているようにも思えた。

「とにかくびっくりして……とっさに返事してて……」

そのときのことを思い出すように、なるべく正しい言葉を探すようにして……さらに葉月は言葉を続けていく。

「でも、それじゃいけなかったんだと思う。ちゃんと考えて、返事をしないとダメだったんだって、今では思ってる」

言い終えた葉月がテーブルから視線を上げた。美緒を見つめるその瞳には、小さいながらはっきりとした意思を感じた。だから、葉月が何を言おうとしているのかようやくわかったような気がした。

「それって……今だったら、返事は変わるかもしれないって話、とか？」

思ったまま、確認の言葉を投げかける。

「……」

即答はせずに、先ほどの言葉を実践するように葉月は目を伏せて考えをまとめているようだった。

十秒ほど待って、葉月が静かに口を開いた。

「今は……同じ返事だと思う。あ、別に相馬君が嫌いとか、苦手とか、そういうんじゃなくて」

「うん」

「ただ、最近まで相馬君と、ほとんど話したこともなかったから。わからないことが多くて……まだそういう風には見られないっていうか」

きちんと考えて、自分の今の気持ちを一生懸命言葉にしようとしているのが伝わってくる。失敗して終わりじゃなくて、ちゃんと相手と向き合おうとしている。人に対して、誠実なんだと強く感じた。

「それに、卒業したら、私、大学は兵庫の女子大だし、推薦もらってて……だから、いいのかなって」

いいなあと思ってしまう。そういうところを。

眩しいなあと感じてしまう。前に進んでいない自分を照らし出されているようで。

「でも、すごく気になってんだ、相馬のこと」

だから、意地悪なのか、応援なのか自分でもわからないうちに、美緒はそんなことを言っていた。

「え？」

気づいていなかったのか、葉月が驚いた顔をした。

「……うん。そうかも。私、あの日から相馬君のことばかり考えてる」

今の自分を、葉月はありのまま言葉にしただけ。だけど、その言葉に、美緒はドキッとさせられた。なんで自分の心がそんな風に反応したのか、すぐには理解できない。

その答えを探すように、ここ最近のことを美緒は思い返した。

誰のことを一番考えていただろうか。

思い浮かんだのは何人かの顔。多くはない。

だから、ひとりに絞っていくのは簡単で、でも、ひとりを導き出すのはやっぱり落ち着かなくて……美緒は途中で考えるのをやめた。心の中がゆらゆらと揺らめいて、なんだか息苦しい。

「なんか、恥ずかしいね。こういう話」

はにかんだ笑顔。しゃべりすぎたと思ったのか、葉月がカップで口元を隠す。

こんな風に、ふたりで葉月と話したことはなかった。今、この瞬間がはじめて。たったそれだけの短い時間で、葉月には選ばれる理由があると美緒は思ってしまった。むしろ、陽斗には見る目があるんだなと感じた。クラスの中では目立たない存在の葉月。「クラスの中でかわいいと思う女子は誰か」を男子に聞いたら、ほとんどが真由子や桃花の名前を挙げると思う。何人かは、美緒と言ってくれるかもしれない。葉月の名前を上げるのは、きっと相馬陽斗だけ。ちゃんと見ないと気が付かない。だから、ちゃんと見て、陽斗は葉月を好きになったのだと思う。

「……相馬に言ってあげたら？」

美緒は自分が何を言おうとしているのかもわからないまま、口を開いていた。

「……？」

「もう一度、ちゃんと考えて返事したいって」

言ったあとで、これが言いたかったんだと自分自身で納得する。

「それは……」

「相馬にとってはいい話だと思う」

「……相馬君、聞いてくれるかな」

「そこは、わかんないけど……」

美緒は陽斗じゃないのだからわかるわけがない。それに、よく考えたあとで改めて振られるんだとしたら、とても酷な助言をしたことになってしまう。でも、真剣に考えたいという葉月なら、そんなに悪いことにはならないような気もしていた。

ますます自分がなんでこんなことを言ってしまったのかわからなくなる。

「そうだよね。ありがと、夏目さん。がんばってみる」

どこか気恥ずかしそうに葉月が微笑んだ。


それからしばらくして、ふたりは店を出た。藤沢駅から小田急江ノ島線で二駅の善行まで帰る葉月とは改札の前で別れた。

ひとりになった美緒は、予備校のある駅の北口へ歩きながら、葉月の言葉を思い出していた。

「がんばってみる、か」

自信はまだないけど、前向きに宣言した葉月の言葉。それは、美緒に一番響いた言葉でもあった。だから、思い出して、「あたしも、がんばれよ」と、美緒は自分自身に呟いていた。

3

自己採点を終えると、瑛太は脱力して背もたれに大きく寄り掛かった。半分マルで、半分バツの答案をぼんやりと見下ろす。

「推薦もらって、さぼったもんな」

ため息のようにもれた落胆は、ひとりぼっちの自習室に乾いて聞こえた。三学期だけ柏尾川高校に通うことになった瑛太のために、学校が用意してくれた空間。元々は応接室として使用されている場所で、広さは普通の教室の三分の一程度しかない。挨拶に来た日には、長机とパイプ椅子が並んでいたが、三学期の初日に登校すると、普通の教室に並んでいる学校机と椅子が四組ずつ用意されていた。

無人の机と椅子が余っているのも気持ち悪かったので、その日のうちに小学生が給食を食べるときみたいに、四つの机を向い合せにくっつけた。

机の上に開いていた問題集が勝手に閉じてしまう。分厚い上に、まだ買ったばかりで折り目がついていないせいだ。

赤い表紙の問題集。大学入試の過去問がまとめられているやつ。受験生はみんな赤本と呼んでいる。その表紙には、「翠山学院大学」の文字が躍っていた。

何をしているんだろうと自分でも思う。

こんなものを買って、今朝登校してから国語、日本史、英語の三教科をぶっ続けでまじめに解いて……芳しくない採点の結果に落ち込んでいる。

まずは英単語の暗記と、イディオムの確認をしないといけないなんてことを考えはじめている。意外と日本史は覚えているから大丈夫かもしれないとか思っている。

大学は推薦で決めたのに、受験しようとしている自分が瑛太の中にはいた。

その理由から今さら目を背ける気はない。受けようとしている大学名がすべてを物語っている。

「泉先輩いる～？」

声とともにドアが外から開いた。やってきたのは小宮恵那だ。

「あ、いた」

目が合うと、ぱっと笑顔になる。うきうきした足取りで自習室に入ってくると、恵那は瑛太と向い合せの席に勝手に座った。

「何度頼まれても、写真をコンクールに出すのは嫌だから」

言われる前に釘を刺しておく。

「先輩って友達いないじゃん。お昼寂しいと思って」

言いながら、恵那は持ってきたお弁当を机の上に広げている。部屋の壁にかけられたアナログの時計を見ると、確かに、もう昼休みだった。問題を解くのに夢中で、チャイムの音に気づいていなかったらしい。

「友達なら陽斗いるし」

「いただきます」

瑛太の主張には耳を貸さず、恵那はひとりでお弁当を食べはじめた。その目が、ちらっと机の上に注がれる。

答案用紙をまとめて、赤本と一緒に机の中にしまう。鞄から弁当箱を出して、瑛太は極力自然に振舞った。

「ま、本当の目的は先輩とお近づきになることなんだけどね。先輩って、友達の頼みは断らないタイプでしょ？　仲良くなれば、写真もオッケーしてくれると思って」

あっけらかんと作戦を暴露してくる。

「そだ、会長と何か進展あったの？」

そうかと思えば、唐突に話題を変えてそんなことを言ってきた。

「何もない」

平静を装って、瑛太は淡々と答えた。

事実、進展はない。むしろ、後退したんじゃないだろうか。初詣に行って以来、気まずくて美緒とは話していないのだから。直接はもちろん、ＬＩＮＥでも……。

あのときの瑛太の言葉を、美緒はどう捉えたのだろう。

あのときの自分の態度は、彼女の目にどう映ったのだろう。

半分、告白みたいなことを言ってしまった自覚はある。それも、売り言葉に買い言葉という最悪なやり方で……。

でも、だからこそ、あんなにムキになった自分の気持ちはもはや疑いようもなく、結果として赤本を解いたりしているのだ。

「ほんとに？　でも、先輩が机の中に隠した赤本、会長の第一志望じゃん」

「……」

唐揚げを摘んだところで、瑛太の箸がぴたりと止まる。

「推薦決まってる泉先輩が、なんでそんなのやってるのかな～」

「言うなよ」

「もちろん、会長には内緒にしとく。あ、それ頂戴」

恵那の箸が伸びてきて、瑛太の弁当箱から玉子焼きを奪っていった。何の躊躇(ためら)いもなく口に放り込み、「んんー」とか言いながら、頰ばっている。

「先輩のお母さん、料理上手だね。これ、お返し」

代わりに、恵那は自分のお弁当から竜田揚げを分けてくれた。赤本の件で弱味を握られたような気分の瑛太は、素直にいただいておくことにした。

「これ、私が作ったんですけど？　煮物も食べる？」

「小宮のお母さんも、料理上手いな」

どこかうれしそうに、恵那が箸で摘まんだ里芋を瑛太の口元まで運んできた。「あ〜ん」とでも言い出しそうな顔で。

「瑛太、ちょっといい……か？」

そこでガラッと自習室のドアが開く。

やってきたのは陽斗で、瑛太と恵那を見るとぽかんと口を開けていた。それから、二、三度瞬きをして「悪い、邪魔したな」とドアを閉める。

慌てて席を立つと、瑛太はドアに駆け寄って勢いよく開けた。

「そういうんじゃない」

立ち去ろうとしていた陽斗を廊下で呼び止める。

「お、おう」

「なに？　何か用？」

話題が先ほどのことに及ぶ前に、瑛太は陽斗に切り出した。

「……いや、それなんだけどな」

言い出しづらそうに陽斗が顔を背ける。スマホをポケットから出すと、特に操作するわけでもなく手の中で転がしていた。

「火曜に、ＬＩＮＥ、来てさ」

陽斗の説明には、大事な「誰から」が抜けている。でも、相談に来たという時点で、その答えは聞かなくてもわかった。

「……森川さん？」

「ああ。……んで、返事まだで」

「今日って木曜じゃん」

火、水、木の木曜日。

「だから……どうすりゃいいと思う？」

真面目な顔で困った質問をされてしまった。

「『一昨日と昨日、スルーしてごめん』って、返事するしかないんじゃない？」

「無理だろ。だいたい、なんの用かもわかんねーし。はっきりさせんのこえーよ」

「……」

それを言われると、瑛太も言葉に詰まった。

はっきり。

瑛太の場合は、美緒に対して抱いている後ろめたさの日数は、一昨日や昨日で済むレベルじゃない。今年に入ってからずっと……。言い過ぎたことはちゃんと謝罪しなきゃいけない気持ちはある。何度も連絡をしようとは考えた。でも、結果的には何もしていない。今週になって学校がはじまってからも、朝の登校時や放課後の下校時に美緒の姿を何度か遠巻きに見かけた。そのたびに、声をかけるどころか柱の陰に隠れたり、廊下の角を曲がったりして、瑛太はやり過ごしてきたのだ。

はっきりさせるのがこわくて……。

もし、自分の気持ちに、あのとき彼女が気づいていたとしたら……彼女の前で、今まで通りの自分でいられるとは思えない。

きっと、葉月からの連絡ひとつで悩んでいる今の陽斗のようになる。

それに気づくと、瑛太の中で、何かスイッチが入った気がした。

開き直るには、ここがいい機会だと思った。

「陽斗、ちょっと来て」

　返事を待たずにさっさと歩き出す。

「おい、なんだよ」

　後ろから陽斗がついてきた。その足取りも態度も、乗り気ではない。だから、次第に距離は離れていき、瑛太が階段を下りていると、踊り場のところで完全に背後の足音が止まった。

「どこ行くんだよ、瑛太」

　瑛太も立ち止まって振り返る。階段の上から陽斗は瑛太を見下ろしていた。

「グラウンド」

「なんで?」

「一打席勝負しよう」

　挑むように陽斗を見上げる。

「またホームラン打って……そしたら森川さんに返事すればいいじゃん」

　疑問が帰ってくる前に、瑛太はそう続けた。

「意味わかんねーから」

　言いながらも、軽く笑って陽斗が階段を下りてくる。一度は踊り場で瑛太を追い越して、何かを思い出したように振り返った。

「じゃあ、瑛太はどうすんだ？」

どこか真剣な眼差し。

「どうするって、何が？」

「瑛太が勝ったら、瑛太は何すんだって話」

「……」

「勝負、なんだろ？」

そんなの全然考えていなかった。考えていなかったけれど、自分から勝負を吹っ掛けた以上、答えなんて最初から出ていた。

「……じゃあ、俺もはっきりさせる」

4

お昼休みも半分が過ぎると、出張パン販売で混雑していた昇降口は落ち着きを取り戻す。その頃を見計らって、美緒は桃花と自販機に飲み物を買いに来ていた。

小銭を入れて、イチゴ牛乳のボタンに指を伸ばす。でも、直前で隣のコーヒー牛乳に変更した。トレイに落ちてきたパックを取り出す。

「イチゴ牛乳、やっとブーム終わった？」

美緒の手元を桃花が不思議そうに見ている。

「やっと？」

「去年クラス一緒になってからずっとじゃん。美緒一途すぎだって」

正確には、一年のときからなので、実はもっと長い。

「なんかあったとか？」

「んー、なんとなく、ね」

気分を変えたいというか、変わりたいというか……とりあえず、変えられるところから、変えてみただけの話。意味なんてあるようでない。

「あ、相馬と……今噂の転校生。ほら」

桃花が視線を送っていた先に目を向ける。確かに、相馬陽斗と泉瑛太のふたりがいた。どこか神妙な顔つき。お互い言葉を交わすでもなく、靴に履き替えて外に出ていく。その後ろ姿を見送っていると、ふたりを追いかけていく女子生徒がいた。カメラのケースを肩にかけていたのは小宮恵那だ。

「なんだろ」

「さあ」

「行ってみようよ！」

楽しいことを見つけたような顔で桃花が手を引っ張ってくる。抵抗する気力のなかった美緒は、上履きのまま外に連れ出されていった。


「グラウンドの方に行ったよね」

「やっぱり、戻ろ、桃花」

言い終える前に、カキーンと甲高い金属音が響いてきた。

「いたよ、ほらほら」

グラウンドに続く階段の上に立つと、桃花は奥の方を指差す。一塁線に高く上がったボールは、ラインを割って草むらに落ちた。

「すごい飛んだ！　ホームランってやつ？」

はしゃいだ声を桃花が上げる。

「今のはファール……」

グラウンドにはふたつの人影がある。バッターボックスとピッチャーマウンドにひとつずつ。バッターが陽斗で、ピッチャーが瑛太だ。

階段を下りたところでは、恵那が三脚を立ててカメラをセットしていた。

その側まで桃花を追って美緒も下りて行った。

気づいた恵那が一瞬だけ美緒を見る。でも、すぐに意識は被写体のふたりに戻った。

ここまでくると、もう美緒は桃花に戻ろうと言う気はなくなっていた。

バットを構える陽斗の真剣な顔が美緒の足を止めている。ストライクゾーンをじっと見据える瑛太の横顔に意識は集中していた。

ゆっくり振りかぶって、瑛太が第二球を投げる。

真っ直ぐの軌跡を描くストレート。

体の軸を回転させながら、陽斗がフルスイングで応える。

バットがボールをかすめて、鋭い打球が再び一塁線に飛んだ。やはり、ラインを割ってファールになる。陽斗が振り遅れているんだと思う。

「ストレート、速くなってんじゃねーか！」

勝負を楽しんでいる陽斗の声。それに対して、瑛太は何も言わない。一球一球投げるごとに蓄積する疲労を忘れようと、深呼吸を繰り返していた。

その横顔は真剣そのもの。

「……なに、まじになってんだか」

次のボールも、捉え損ねて陽斗はファールにした。やはり、まだ振り遅れている。

次も、その次も……瑛太はストレートを投げ続け、陽斗はその全部を振り遅れのファールにした。

どちらも譲らない。

瑛太が肩で息をしている。

陽斗は額の汗を袖口で拭っていた。

八球目のボールを、瑛太が籠から取り出す。手の中で転がして感触を確認している。

ボールが決まると、グローブの中で瑛太は握り直していた。

呼吸で乱れていた瑛太の体のぶれが止まる。それに呼応するように、陽斗が息を吐いてバットを構えた。

しなやかな投球フォームからボールが投じられる。

見るからに速い。今日最速かもしれない。そう思った直後、快音が響いた。

空に抜けていく気持ちのいい音。センター方向に上がったボールは、大きな放物線を描いて、グラウンドの端っこまで飛んでいった。

バックスクリーン直撃の大飛球。

「っしゃー！」

両手を上げた豪快なガッツポーズで陽斗が雄叫びを上げる。

「やったね、美緒！　ホームランでしょ？　ホームラン！」

美緒の両手を掴んで、桃花が飛び跳ねて喜んでいる。美緒の代わりに喜んでくれているようでもあった。

「直球ばっか投げるから……」

そう呟いたのは、近くで陽斗と瑛太の写真を撮っていた恵那だ。画面で撮った写真を確認する恵那の横顔は、どこかしょんぼりしている。

その気持ちに引っ張られたのか、美緒も陽斗のホームランを喜ぶ気にはなれていなかった。歓喜する陽斗よりも、両手をだらりと下ろして、マウンドに立ち尽くす瑛太のことを見てしまう。そこには、恵那ではないが、妙な切なさを感じた。

陽斗がダイヤモンドを一周していく。勝者にだけ許されたウイニングラン。

その陽斗に、美緒はゆっくりと近づいていった。

「美緒？」

「ごめん、すぐ終わるから」

桃花には振り向かずに答えて、グラウンドの中に入っていく。二塁ベースまで近づいてきた陽斗を、「相馬！」と呼び止めた。

「んー？」

気づいた陽斗がベースの上で立ち止まる。怪訝な表情。

「これ、返す！」

ポケットから出した消しゴムを握ると、美緒は五、六メートルくらいまで近づいて、陽斗に向けて思いっきり投げた。

さすがは元野球部。少し方向の逸れた消しゴムを、陽斗は素手でキャッチした。

手のひらに摑んだそれを見て、ますますわからないという顔をする。

「なんだこれ？」

感情のまま疑問を返してきた。

「消しゴム」

「見りゃわかるって。なんで？」

「前にもらったでしょ？　中学んとき」

「あったか、そんなこと？」

大げさに首を傾げて考え込んでいる。なんとなく予想はしていた。美緒にとっては特別な思い出だとしても、陽斗にとっては日常の一コマに過ぎなかった出来事。

「あったの。ずっと返そうと思ってて……でも、忘れてたっていうか、ちょっと色々あって」

考えがまとまる前に飛び出したから、言葉では上手く伝えられない。

「ちょっと……?」

「わかるでしょ、ここまで言えば。そういうことだから!」

これ以上は話していられそうになくて、美緒はきっぱり言い切ると回れ右をして桃花のところまで戻った。

「なに? なんだったの?」

目を輝かせて聞きたがる桃花と一緒に、美緒は校舎の方へと歩き出した。

友達と一緒に戻っていく美緒の背中を瑛太が見送っていると、「で、結局、どういうことだ?」と陽斗が能天気に聞いてきた。

「自分で考えろ」

瑛太はそれだけ言って、出したボールをひとりで片付けはじめる。

「おいって!」

陽斗はまだ何か言っていたけど、もうそのあとは完全に無視をした。

これくらいの意地悪なら、しても許されるはずだ。

5

翌日の一月十二日。金曜日。

この日の放課後、美緒は久しぶりに早苗、真由子、桃花の三人と藤沢駅に出ていた。

センター試験を明日に控え、落ち着かないという早苗から誘われたのだ。

試験は美緒も受けるので最初は断ろうかと思ったけれど、ひとりになると昨日のことをどうしても思い出してしまう。それを理由に、前日の勉強に身が入らなくなっても余計に焦るだけだと思い、素直に付き合うことにした。

とはいえ、四人で入ったファミレスの中で、美緒は単語帳を開いているのだが……。

「こんなの全部覚えきれないよ」

入店から三十分が経過した頃、美緒は諦めてテーブルに突っ伏した。

「私は、もう悪あがきはやーめた」

早苗もぱたんと参考書を閉じて、ポテトにフォークを伸ばす。ぶすっと刺して、ケチャップをいっぱいにつけてから口に運んでいる。

美緒もテーブルに突っ伏したまま、横を向いてポテトを口に入れた。

「そうだ、美緒。結局、相馬とはどうなったの？」

顔を寄せて、興味津々の表情で聞いてきたのは桃花だ。

「別に何もないよ。消しゴム返しただけだし」

起きたことをありのままに伝える。

「なにそれぇ。桃花から相馬に告白したって聞いてたけどぉ？」

ポテトを口に入れた真由子からは、そんなことを言われた。

「え？」

素の驚きが声になってもれる。

「だって、昨日のあれ、そうでしょ？　美緒って、ずっと相馬のこと気にしてたっぽいしさ」

ふふんと桃花が鼻を鳴らす。お見通しと言わんばかりに。

「あ、だから、これ……」

鞄の持ち手に括りつけられたふたつのお守り。ひとつは学業成就で、もうひとつは恋愛成就。三学期の初日に、桃花と真由子からもらったやつ。

「明日、センター試験なのに、告白なんてしないって」

体を起こして姿勢を正す。横を通った店員の視線の冷たさから、だらけすぎていたことに気づいた。

「え～、つまんな～い」

「じゃあ、受験終わったら告白すんの？」

「ん～、わかんない。どうだろ」

閉じていた単語帳を再び開く。勉強となれば、桃花と真由子もそこまで食い下がってこないと思ったから。

「さっさと言わないと、誰かと付き合っちゃうかもよ。あの吹奏楽部とか」

つまらなそうに真由子が言う。

「ないでしょー」

ちょっと馬鹿にするような感じで桃花は笑っていたけど、美緒は全然そんな気にはなれなかった。断然、彼女の方がいいとさえ思っている。

「てか、今日はもう解散ね。センターだよ、センター」

早苗がばっさりと切り捨ててくれたおかげで、この場はお開きになった。

ファミレスを出てすぐに、帰り道が違う早苗と桃花とは手を振って別れた。

真由子とふたりで駅の方へと歩き出す。

まだ午後四時を少し回ったくらいの時刻だったけれど、日はすっかり傾いて、西の空は世界の終わりみたいに真っ赤に染まっていた。

「ねえ、美緒」

「ん？」

気が付くと、少し後ろで真由子が立ち止まっていた。美緒も止まって振り返る。

待っていたのは真由子のどこか真剣な表情。

「なに？」

「美緒って、ほんとに相馬のこと好きなの？」

笑顔で聞いた美緒に、真由子は真顔でそう返してきた。

「……」

一瞬言葉に詰まる。すると、先に真由子の方が口を開いた。

「美緒のことわかんないと、私たちも美緒にどうすればいいかわかんない」

言葉にはしないけれど、真由子の目は「友達でしょ」と語っているようだった。

「私も、なんかもうよくわかんなくて……ずっと借りてた消しゴム返せば、普通にふっ切れると思ってたのに」

自然と表情に溢れたのは、作った笑顔でもなく、ごまかすための苦笑いでもなかった。ただ、思ったまま、感じたままに、自分の感情に対する困惑が浮かんでしまう。

「やるのが嫌で、ずっと溜めてた夏休みの宿題みたいっていうか。やってみたらなんかすぐ終わっちゃって……うれしいような、物足りないような感じで……今はなんだったんだろうこれって、ほんとあたしもわかんない」

変なことを言っている自覚はある。だけど、今の気持ちを説明するとしたら、他に相応しい表現が美緒には思いつかなかった。

「なにそれ」

美緒の返事が面白かったのか、真由子がようやく笑ってくれた。

「らしくないよ、美緒。子供みたいなこと言って」

足を踏み出した真由子が美緒の側までやってくる。「ほら、いこ」と声をかけられて、駅の中に一緒に歩き出した。

「でも、よかった。話してくれて」

すっきりしたような笑顔の真由子の横で、美緒は曖昧に笑うことしかできなかった。なんでもないように口にしていた真由子の言葉が、深く突き刺さっていたから……。

電車で帰る真由子とは藤沢駅で別れて、美緒はひとりで鎌倉行きのバスに乗っていた。空いていたひとり掛けのシートに座り、窓の外を何気なく眺める。日の沈んだ街並みはすっかり夜の顔に変わっていた。

赤信号に捕まったバスが停車する。光の加減で、窓にはぼんやりした自分の顔がやけにはっきりと映った。

「……」

真由子に言われてしまった。

子供みたいなこと言って。

本当にその通りなんだと思う。

見つけた宝物を、大事に抱え込んで……ずっとひとりで大切に守っていることしかできなかった。中学の頃に芽生えた片想い。誰にも伝えず、誰にも知られないように、想いを相手に告げようともしなかった。大事で、大切で、傷つけたくなかったから。

でも、傷つけたくなかったのは、結局、自分の気持ち……。自分自身……。

傷つきたくなくて、想いを大事にしている自分を大切に守っていただけ。昨日、消しゴムを返したあの瞬間まで……。

だから、無邪気に信じていた。自分の気持ちがあの頃からずっと変わらずにこの胸の中に今もあるんだと。それは、間違ってはいないと思う。だけど、美緒自身があの頃のままだったわけじゃない。中学を卒業して、高校に通うようになった。その高校もあと二ヵ月で卒業する。大学に受かれば春には大学生。あの頃と同じなわけがない。同じでいいわけがなかった。

久々に見た小学校の机が小さく思えるように……。

中学校のグラウンドが狭く感じるように……。

今の美緒から見れば、あの頃の純粋な想いは、時間の経過とともに懐かしいだけの思い出に変わっていたのかもしれない。

子供の頃に宝物だったぬいぐるみも、今ではどうしてあれほど大切にしていたのかを思い出せなくなっているように……ずっとあの頃のままではいられなかった。

それに気づいて、心はどこかすっきりしている。清々しさがある。でも、同時に、夢から覚めたような気分も同居している。まだ理解が追い付いていない感じ。だから、どうしたらいいか、自分でもよくわからない。

とりあえず、明日はセンター試験の初日だから、鞄から参考書を出した。それを開く前に、鞄のポケットでスマホが振動する。

ＬＩＮＥの着信だ。

しかも、葉月から。短い文章で「相馬君と話できた」、「夏目さんが相談に乗ってくれたおかげ」、「だから、ありがとう」と続けて送られていた。

少し遅れて、またLINEの着信があった。今度はグループの方。水族館に遊びに行った五人で作ったグループ。大晦日を最後に更新が止まっていたメッセージに、スタンプが追加されている。

送ってきたのは陽斗。「ご無沙汰です！」と、動物のキャラクターが頭を下げている。そのあとに、「また遊ぼう」のスタンプが続いた。

葉月がどんな話をしたのかはわからない。

陽斗がどんな返事をしたのかもわからない。

それが、今は気にならなかった。だから、「試験終わったらね！」と、美緒は返事を打った。

バスが停留所に到着する。

「あ、降ります！」

出すだけ出していた参考書を鞄に突っ込み、スマホは手に持ったまま美緒は立ち上がった。前の人に続いて、足元を確認しながらバスを降りる。

その瞬間、白い綿のようなものが美緒の視界を上から下に通り過ぎた。

「……え、うそ。雪？」

顔を上げると、まぎれもなく雪が降っていた。空からふわふわと舞い降りてくる。次々と、無数に……。けれど、美緒の意識が雪に奪われたのはほんの一瞬の出来事だった。

ドアを閉めたバスが走り出す。すると、道路の反対側に人の気配を感じた。楽しげな女子の声。それと、照れたような男子の声がした。

自然と美緒の目は、道路の反対側に吸い寄せられる。そのふたつの声に、聞き覚えがある気がしたから……。

そして、それは気のせいなんかじゃなかった。

美緒の目に映ったのは瑛太と恵那。

瑛太の背中に、飛び乗るように抱きつく恵那がいた。

背中から恵那に抱きつかれた瑛太がいた。

「なんで……」

無意識にもれた美緒の呟きは、雪の中に溶けていった。

Chapter 5
Snow day

1

瑛太が英語の参考書から顔を上げると、自室の中はだいぶ暗くなっていた。

大学入試センター試験が行われる前日。一月十二日。金曜日。

この日の瑛太は、朝から学校に行って、自習室でずっと勉強をして過ごした。帰りの時間になると、職員室に部屋の鍵を返して、寄り道をしないで帰ってきた。

帰宅後は、普段着に着替えてからまた机にかじりつく。そんな一日。

今日は重点的に、英語の勉強を進めていた。国語と日本史は受験勉強を再開してみると、意外と思い出せることも多くて、問題の傾向によっては高得点も狙えるように思える。対照的に、英語はとにかく基礎的な部分からまずいと感じていた。

元々、英語は高校で当たった男性の担当教員の態度が苦手で、ダントツで嫌いな教科になっている。過去問を何度解いても、点数が伸びる気配はない。相変わらず、マルとバツが半分ずつ。文系だと一番差が出そうな教科だけに、この状況で合格ラインに乗るのは難しい予感がした。

参考書を閉じて机に置く。立ち上がると、部屋の明かりのスイッチに手を伸ばした。

でも、スイッチを入れるのはやめて、瑛太は部屋着からジャージに着替えていく。気分転換もかねて、ランニングをしようと思ったのだ。勉強ばかりでは肩が凝るし、これ以上やると、勉強が嫌になりそうな気がした。

一通りストレッチをこなしてから部屋を出る。

玄関で靴を履いていると、後ろに気配を感じた。

「夕飯までには帰るの？」

見送りに来たのは母親だ。

「軽く走ってくるだけ」

「車には気を付けてね」

「小学生じゃないんだから」

「でも、なんか夜は雪みたいよ」

「わかった」

背中で返事をして、瑛太は玄関を出た。

空気が冷たい。鼻の奥までつんとする冬の空気。見上げると、まだ五時を過ぎたところなのに太陽の姿はなく、空は夜の顔をしていた。

県道32号線に出た瑛太は、念のため、もう一度ストレッチをしてからランニングを開始した。

前に陽斗が犬の苦手を克服する目的で集まった鎌倉中央公園の方へ走る。真っ直ぐ行くと上り坂が続くので、街をジグザグに進むコースで走る。

時々吹き付ける風は本当に冷たい。体温との差が大きいせいか、吸い込む空気の冷たさを体の中でも感じた。

走るにつれて息が上がる。いつもより呼吸が荒い。寒さのせいで、上手く酸素を体に取り込めていないのかもしれない。だけど、それが一番の理由じゃないことは瑛太自身がよくわかっていた。

体の中心で燻っている悔しさがある。

陽斗と対戦した二度目の一打席勝負。

一度目とは違い、瑛太は勝つつもりで勝負を挑んだ。

そのための準備を密かにしていた。

この二週間ばかり、こうしてランニングを続けていたから。鏡の前で投球ホームの確認を毎日したから……。

体の状態には、少なからず自信があった。走り込みをはじめたことで、動ける体に戻ってきているという自覚が芽生えていた。

　実際、下半身に負荷をかけたことで、ストレートの球速は確実に上がっていた。二度目の勝負では、陽斗は何球も続けて振り遅れていたのがその証拠。手応えはあったのに、豪快にホームランを打たれた。

　その悔しさが瑛太を走らせている。息が苦しくても、上り坂がきつくても、今は乗り越えていきたい気持ちの方が勝っていた。だから、走り続ける。いつもより早いペースで。

　公園の敷地を半周ほどして、来た道を引き返していく。雪が降ると予報が出ているためか、今日はほとんど他のランナーとすれ違うことはなかった。

　県道32号線まで戻ってくる頃には、疲労感と心地よい達成感に瑛太は満たされていた。本格的に動ける体になってきたという実感が高まる。

　正面に、マンションの明かりが見えてきたところで、家まではクールダウンしようと思って走るのをやめた。一気に汗が噴き出してくる。その汗を拭いながら、瑛太はゆっくり歩いた。

　行き交う車のヘッドライトと街灯。その明かりの中に、くるくる回る赤いランプが見えてくる。

二十四時間営業スーパーの駐車場に止まっていたのはパトカーだ。万引きでもあったのかと思い、興味本位で様子を伺うと、何人かの人影の中に、瑛太は知っている人物を見つけた。

「小宮……?」

まさか知り合いがいるとは思わなかったので、驚きとともに名前がぽつりとこぼれる。

女性の警察官に付き添われて俯いているのは、間違いなく小宮恵那だった。彼女らしくない沈んだ表情。どこか怯えているようにも思えた。

「だから、あの子がさぁ!」

その声は、恵那から五メートルほど離れた駐車場に停車したパトカーの脇から聞こえた。酔っぱらっているのか、赤ら顔の中年男性が、ふたりの男性警察官に「まあまあ、とにかく落ち着きましょう」と宥められながらも、恵那の方を指差している。

それに、恵那はますます身を小さく縮めていた。

素通りするのも後味が悪い。

「平気?」

恵那の側まで行ってそう声をかける。

それにも、恵那はびくっとしていた。顔を上げた恵那の表情には不安が張り付いている。でも、声をかけてきたのが瑛太だと気づくと、「泉先輩……」と名前を呼びながら安堵の表情に変わった。

同じ学校の先輩後輩であることを伝えると、女性の警察官はだいたいの事情を瑛太に教えてくれた。その上で、「彼女のこと、送ってくれる?」と頼まれてしまった。とても断れる雰囲気じゃなかった。

片瀬山の方に住んでいるという恵那の原付バイクを押しながら、県道32号線を藤沢方面に進む。三メートルくらい後ろを、恵那はとぼとぼとついてきている。

「……」

「……」

特に会話はない。普段なら恵那の方から矢継ぎ早に話しかけてくるのに、今日はしょんぼりしているだけ。

「ちょっとは落ち着いた?」

黙っているのにも疲れて、瑛太は肩越しに恵那に声をかけた。ちらっと見えた恵那は俯いたままだ。

「勝手に人の写真撮るから、トラブルになるんだよ」

それが、揉め事の真相。中年男性の怒鳴り声は、スーパーの中まで届いていたらしく、店員が慌てて警察を呼んでくれたらしい。

「……あの人、写ってなかったじゃん」

返事はないと思った頃に、恵那は拗ねた口調で反論してきた。少しは元気になったのかもしれない。声はまだ小さいけれど……。

「なら、それ言えばよかったろ？　警察呼ばれる前に」

「だって、『なに撮ってんだ！』って、いきなり腕摑まれて、色々言われて……そんな余裕……」

バイクのミラーで恵那を見ると、半分べそをかいたような顔で唇を尖らせていた。

威勢のいい普段の彼女はそこにはいない。

「だいたい、全部泉先輩のせいじゃん！」

「なんで……」

さっぱり意味がわからない。

「コンクールに写真出すのオッケーしてくんないから！」

とんでもない八つ当たりだ。けれど、それだけ余裕がなかったのだということは伝わってきた。何かに当たったって、気持ちが落ち着くなら、これくらいは我慢できる。

「小宮は、なんでそんな写真部にこだわんの？」

出会ったときから、やんわり疑問に思っていたこと。そんな風に守りたいと思えるものが、瑛太にはないから、いまいちぴんと来ていない。

「写真の話ができるの、私にはあそこしかない……みんなからしたら、たかが写真部かもしんないけど……私にとっては、やっと見つけた場所なの。中学の頃は、写真部はなくて……。部活、作ろうとしたけど、部員集まんないし。野球部なんてメジャーな部活してたらわかんないだろうけどさ」

返事をしなかったのは、恵那の言った通りだったから。その野球部にすら、福岡に行ってからは所属しなかった。

「でも、高校には写真部あって……やっと、写真の話できる場所できたのに。部員は、私と、電車の写真ばっか撮ってる男子がふたりいるだけだけど……それでも、ほんとにやっとなの。それを、なくなっていいなんて思えるわけないじゃん……！」

立ち止まって振り返ると、瞳をうるうると潤ませた恵那が、じっと瑛太を睨んでいた。目を逸らさずに……いつも一生懸命だった彼女らしい眼差しで。

「わかった。もういいよ」

「私の気持ちなんて、全然わかってないし、全然よくない!」

「違う、そうじゃなくて……あの写真、コンクールに出していいって意味」

「……え?」

珍しく恵那の反応は一拍遅れていた。きょとんとした表情。

「言っとくけど、賞取れなくても、俺は責任取れないから」

それだけ言って、原付バイクを押して先に歩き出す。なんだか照れくさい気持ちが強かった。

その瑛太の背中に、どっかりと突然何かがおぶさってくる。首の後ろから回された両腕は恵那のものだ。

「ありがと、せんぱーい!」

がっちりと摑んで離れる気配はない。

「わかったから、危ないって」

こっちは原付バイクも押しているのだ。ふらつきながらもなんとか倒れないように体を立て直す。

そのとき、道路の反対側に人影が見えた気がした。確認しようとしても、車が視界を遮ってよく見えない。

テールライトの明かりが通り過ぎると、逃げるように走り去る後ろ姿が目に映った。コートに、制服っぽいスカート。背はそんなに高くない。わかったのはそれだけ。すぐに一本奥の道に消えてしまい、目で追えなくなった。

瑛太の頭に浮かんだのはひとりの名前。

夏目美緒。

彼女の後ろ姿に似ている気がした。

2

耳元で小さな虫が羽音を立てている。ブブッ、ブブッと断続的に三、四回。それがバイブ音だと気づいて、瑛太は目が覚めた。枕元でしつこく振動するスマホに手を伸ばす。

とりあえず、掴んだのはいいが、瞼が重たくて開かない。なんとか薄目を開けて見えたのは、八時を過ぎたデジタルの表示。でも、目はすぐに閉じてしまう。

昨日、なかなか寝付けなかったせいだ。ベッドに入ったのは、一時半ごろだったけれど、眠りに落ちたのは朝の六時近かったと思う。最後に時計を確認したときは、五時を過ぎていた。

理由は自覚している。

もし、あのとき道路の反対側にいた人影が夏目美緒だったら……そう思うと、焦りにも似た感情が瑛太を急かしてきて、全然寝かせてくれなかったのだ。

別に何かやましいことがあったわけじゃない。ちょっとしたトラブルに巻き込まれた恵那に声をかけただけ。ひとりにするのは心配だったから、家の近くまで彼女を送っただけのこと。確かに、背中におぶさるように抱きつかれもしたが、それは瑛太が望んでそうなるように仕向けたわけじゃない。不可抗力だと自信を持って言える。

だいたい、美緒に見られていたのだとしても、こんな風に言い訳めいたことを考える必要はないはずだった。瑛太と美緒の間には、知り合いとか、せいぜい友達と表現する以上の特別な何かがあるわけではないのだから……。残念なことに。

だけど、それが見解としてどれだけ正しかろうとも、やっぱり瑛太の気持ちは未だにそわそわしていた。

朝起きれば、すっきりしているかもしれないと思っていたけれど、全然そんなことはない。むしろ、目を覚ますなり、また同じことを考えている始末。

でも、そのおかげで頭は徐々に回ってきて、瞼も持ち上がってきた。

スマホの画面を再度確認するくらいの余裕はある。

ベッドに寝転がったまま体を横にして、瑛太はスマホに目を向けた。さっきからのバイブ音の正体は、LINEの着信だ。この冬に陽斗たちと作ったグループに、数件の新着メッセージが届いている。一番上に表示されていたのは依子からのもの。

——夏目さん、雪、大丈夫?

メッセージを頭の中で反芻する。

雪。

その言葉を理解した直後、瑛太は掛け布団を跳ね飛ばし、ベッドから飛び起きた。スマホを持ったまま、どたどたと床を蹴って部屋を出る。

「あら、おはよう、瑛太」

キッチンにいた母親は無視して、朝のニュース番組を流していたTVを確認した。天気予報をやっている。男性の気象予報士と、女性のアナウンサーが昨晩から関東地方で降り続く雪の話をしていた。首都圏でも十センチを超える積雪を記録。交通機関には遅れや運転見合わせが続出。「今日は大学入試センター試験もあるので、心配ですね」と神妙な顔で、気象予報士とアナウンサーは頷き合っていた。

続けて、新宿駅の様子が中継される。風に流された雪が、今も大量に降り積もっている。

そうしている間も、瑛太の手の中ではスマホが振動していた。

──電車は？　走ってるの？

試験会場に行かなければならない美緒を気遣う葉月の書き込み。

──ダメ。止まってる。どうしよう
美緒の返事を確認したところで、瑛太の体は勝手に動いていた。自室に駆け込んで、何も考えずにとにかく着替える。一秒でも早く着替えることだけに集中した。そして、またすぐに部屋を飛び出す。

後ろで母親が何か言っていたが、瑛太は返事もしないで玄関から駆け出していた。

エレベーターで一階に降りて外に出る。その足が一瞬だけ躊躇ったのは、雪に覆われた別世界のような街並みが視界に入ったから。

空からは今も無数の雪の結晶が降り続けている。小さいもので五ミリほど。大きいものは一センチくらいはあるんじゃないだろうか。大粒の雪。街を白く染め上げている。

その白さに支配された世界に、瑛太は歯を食いしばって一歩を踏み出した。

積もった雪に足を取られて走りにくい。

マンションの住人が雪かきをしてくれている場所を選んで、とにかく県道32号線まで出た。交通量の多い道路でも、路面には大量の雪が積もったままになっていた。上りも下りも、二本ずつ線が走っている。脇に寄せても、寄せきれない雪の量。

藤沢駅に向かうバスが来ることを期待して、停留所で一度立ち止まる。鎌倉方面からの車の流れは遅い。気持ちは焦り、苛立ちばかりが募った。バスが来る気配はない。

心の中で、「くそっ」と悪態をついて走り出す。

積もった雪のせいで本当に走りにくい。場所によっては真っ新な雪が残っている。車道から除けられた雪が、歩道に積み上げられているところもあった。雪で埋もれていた段差に躓いて、思いっきり転んだ。

膝に痛みが走る。でも、すぐに立ち上がると、さらにペースを上げるつもりで、瑛太は足を前に運び続けた。

握り締めたスマホは、何度も、何度も着信を知らせてくる。

――迂回路は？

――そっちも止まってる

一刻も早くたどり着きたい。一メートルでも先に足を伸ばしたい。

あとはその思考の繰り返し。

――バスはどう?

――遅れてて、全然こないし、人がいっぱいで

瑛太が行って、どうにかなるものじゃないことくらいわかっている。

大雪で運行できない電車を動かす方法なんて知らない。

――どうしよう、試験の時間、間に合わないかも

不安に駆られた美緒を、試験会場に連れていく手立てがあるわけじゃない。

駅についても、できることなんて何もない。

だいたい、いきなり瑛太が現れたら、美緒はどう思うのだろうか。

さすがに、瑛太の気持ちだって全部……。

「だから、どうした！　もう知るか、そんなこと！」

そう叫ぶと、瑛太は雪の中でスパートをかけた。息はきついし、足は疲れた。さっき転んでぶつけた膝も痛い。しんどい思いをして、美緒のもとへ行ったところで、どうせ何の力にもなれない。こんなときに駆け付けたら、彼女だってこの気持ちに気づくだろう。

足を一歩踏み出すごとに、言い訳めいた言葉が浮かぶ。

だけど、その全部を集めても、今、瑛太が走るのをやめる理由にはならなかった。

止まる理由を見つけられないまま、雪に降られる藤沢駅が見えてきた。


大雪の影響で運転見合わせが続く駅舎内は、ざわめきに包まれていた。「ご迷惑をおかけしております」と繰り返される駅員のアナウンス。それに耳を傾ける利用客の表情は、諦めもあれば落胆もある。焦りもあれば、苛立ちもはらんでいた。それらが混ざり合って、嫌な雰囲気を作っている。

その中をすり抜けて、瑛太は美緒を探した。乱れた息は全然整う気配がない。額には汗がだらだらと垂れてきて、拭うのが面倒だった。

とにかく人が多すぎる。

とても見つけられる数じゃない。

だけど、諦める気なんてさらさらなかった瑛太の目は、不思議なくらい簡単に彼女を見つけた。

駅の二階。ＪＲの改札付近。不安そうな顔で「運転見合わせ」としか書かれていない電光掲示板を祈るように見上げていた。

その美緒に、苛立った様子の男性サラリーマンの肩がぶつかる。そいつは謝りもしないで、バスターミナルの方へ歩いていった。

文句を言ってやろうと思ったが、押された美緒が足を滑らせて尻餅をついている。手に持っていたスマホも落としてしまう。それを放っておけるはずがなかった。

呼吸を整えているヒマもなく、瑛太は美緒のもとへ駆け寄った。

「もう、やだ、なんで今日なの……せっかく勉強してきたのに……」

半分泣き出しそうな声を出した美緒の手が落としたスマホに伸びる。でも、美緒よりも先に瑛太がそれを拾った。

「これ……」

短く声にして、美緒に差し出す。息が上がっていて、長くしゃべれそうにない。

「どうも……って、え？」

顔を上げた美緒は目を見開いて瑛太を見ていた。

「なんで……？」

「たまたま通って……」

垂れてくる汗をそれとなく拭いたが、それでごまかせる状況でもなかった。どこからどう見ても、たまたま通った感じじゃない。だけど、何の言葉も用意していなかったから、そんなことしか言えなかった。

「そんなわけないじゃん」

美緒が異論をぶつけてくる。それには答えないで、瑛太は美緒の腕を引っ張り上げるようにして摑んだ。

「立って。アナウンス、運転再開するって言ってる」

少し興奮気味に、駅員が運転の再開をアナウンスしていた。まだこの先も遅れが見込まれるが、とりあえず電車は走るらしい。

立ち上がった美緒の腕を引いて、改札口を通る。

「ちょっと、泉！」

困惑した美緒の声は無視した。エスカレーターの下に見える駅のホームに電車が入ってきている。混雑が予想されるあの電車に乗るのを、瑛太は最優先にした。

「もう一歩、奥に詰めてください！」

ホームから駅員の指示が飛ぶ。

「ドア、閉まります！」

早く閉めてくれと、瑛太は満員でぎゅうぎゅうの電車内で願っていた。その願いが届いたのか、電車のドアがゆっくりと閉まる。外の喧騒は遠のき、瑛太と美緒……他無数の利用客を乗せた電車は藤沢駅から出発した。

奥のドアの脇に美緒を立たせ、瑛太は彼女と同じ手すりを摑んで、その前に立っていた。息の詰まる満員電車。

吐息の音も届きそうな彼女との距離。

だが、それに照れる気持ちにも、浮かれる気持ちにもなれなかった。さっきからずっと、美緒は不安そうに俯いているだけだから……。

「もう間に合わないよ……」

ぽつりと泣き言のように美緒が呟く。

「試験の開始、遅れるって出てない？」

「え？」

「毎年ニュースでやってんじゃん」

「……あ」

瑛太の胸元で、美緒が身じろぎをしてスマホを出す。何度か操作をすると、「出てる」と言って顔を上げた。わずかに表情が明るくなった。でも、まだ不安の方が圧倒的に勝っていて、何かの拍子に泣き出しそうにも思えた。

「だったら試験には間に合う」

根拠があるわけじゃない。何か言いたかった。そんなことしか言えなかった。

「でも……雪で出がけからこんなだし、転ぶし、濡れたし……もうやだ。勉強したの、忘れてる絶対……」

励ましたいのに、しゃべればしゃべるほど、美緒を不安にさせている気がした。だからと言って、何もしないなら、ここにいる意味はない。

「今日って日本史だっけ？」

「うん……そうだけど」

「じゃあ、現存する最古の自筆日記は？」

「……え？」

「日本史の問題。現存する最古の自筆日記は何？」

俯いていた美緒が上目遣いで瑛太を見てくる。

「……御堂関白記（みどうかんぱくき）」

記憶から答えを探り当てるように、恐る恐る口にする。

「その御堂関白記を残した人物は？」

「藤原道長（ふじわらのみちなが）」

今度はさっきよりもはっきりと美緒は答えた。

「奈良時代、漆を用いた乾漆の技法によって造られた東大寺の仏像は？」

「東大寺法華堂不空羂索観音」

美緒がリズムよく言葉を紡ぐ。どこか自信のようなものを感じた。

表情もさっきよりだいぶいつもの感じに戻っている。

「ちゃんと覚えてんじゃん」

答えは全部正解だ。

「……なんで問題出せんの？　推薦組のくせに」

どこか恨みがましい美緒の視線。今日、見た中では一番彼女らしい表情だった。それがなんだかうれしい。

「推薦決まる秋まで、受験勉強してたし」

嘘は言っていない。本当のことも言っていないけれど。

電車が揺れて後ろから押された。ドアに手をついて、必死に踏ん張る。彼女が潰れないように。全力で食いしばった。

下から、美緒の視線を感じる。

「……ありがと」

「何が？」

照れくさくて、しらばっくれた。

「じゃあ、問題、もっと出して」

お礼をスルーされたのが気に入らなかったのか、むすっとした顔で美緒がそんなことを要求してくる。

「日本書紀には官人の日記の文章が引用されているが、唐へ派遣されたときの記録を残したのは誰？」

「伊吉博徳（いきのはかとこ）」

こうしている方が瑛太としては気が楽だった。だから、美緒に問題を出し続けた。

試験会場の大学がある駅に到着するまでずっと……。その問題に彼女は答え続けた。

駅に到着するまでずっと……。

「試験開始まで三十分あります！　急がなくても大丈夫です！」

会場の大学前では、係員が口元に両手を添えて、走ってきた受験生にそう呼び掛けていた。

駅を降りてから小走りできた瑛太と美緒も、ほっと胸を撫でおろす。

「間に合った……」

安堵の声を美緒が上げる。

「夏目、これ」

美緒を呼び止めて、瑛太はポケットから出した合格祈願のお守りを差し出した。

「福岡のやつだから、効くと思う」

美緒の手が伸びてきて、お守りを掴む。それをまじまじと見つめると、「大宰府(だざいふ)？」

と聞いてきた。

「菅原道真(すがわらのみちざね)」

「その返し、うざいって」

まんざらでもなさそうに笑って、美緒はお守りを大切そうにポケットにしまった。

ただ、再び瑛太に視線を向けてきたときには、どういうわけか不機嫌な顔をしていた。

「なに？」

美緒の剣幕が気になり、思わず聞いてしまう。

「試験終わったら、聞きたいことあるかも」

「かも？」

「ある」

変な指摘をすると、美緒はきっぱりと言い切った。

思い当たるふしはいくつかある。こうしてふたりで話をするのは、あの大晦日以来。

昨日の晩のこともある。あと一番困るのは、今日の瑛太の行動について聞かれること……。

とはいえ、今さら逃げも隠れもできない。なるようになれと開き直るしかない。

「わかった」

だから、瑛太ははっきりと返事をして約束した。

「じゃあ、がんばってくる。ありがと」

少し笑って、美緒は試験会場の中に入っていった。

その背中が見えなくなるまで見送ると、瑛太は回れ右をして、来た道をゆっくりと戻りはじめた。

すぐに、スマホが振動で着信を知らせてくる。

——間に合った！　みんな心配してくれてありがと
美緒がグループに送ったメッセージだ。

すると、葉月、依子、陽斗の三人から、励ましのスタンプが連続して送られてくる。

瑛太も最後に、「がんばろう」のスタンプを送信しようとしてやめた。

想いは、渡したお守りに十分込めている。

3

柏尾川高校よりも少し低音に聞こえるチャイムが、センター試験会場の教室に響いた。

「鉛筆を置いてください。答案用紙を回収します」

教卓の前に立っていた中年女性の試験監督は、教室を右から左に見回して、不正がないかをチェックしている。

指示されたわけでもないけれど、美緒は鉛筆から手を離して、両手は膝の上に置いた。周りにいる他の受験生も、背筋を伸ばした姿勢でマークシートの答案用紙が回収されていくのを待っている。

簡素に整頓された教室の雰囲気。高校とは全然違う。美緒が毎日通っている三年一組の教室は、時間割だったり、掃除当番のリストだったり、置きっぱなしの荷物だったりがあって、生活感のようなものが漂っているけれど、ここにはそれがない。大学では決まった教室にいつもいるわけじゃないから、誰かの気配というのが残らないのだろう。

そんなことを感じながら待っていると、美緒の答案用紙も係りの人が回収していった。

「では、本日の試験は以上になります。忘れ物のないようにご退室ください」

荷物をまとめた前の席の男子が、早々に教室を出ていく。終わっても、室内に緊張感が残っているのは、まだ明日も試験が控えているから。

知り合いが集まっている空間ではないので、談笑する声が聞こえるわけでもなく、みんな次々と教室から出ていく。

美緒はマークシート用の鉛筆にキャップをはめると、消しゴムと一緒に筆箱にしまい、答えにチェックを入れた問題用紙と一緒に鞄に突っ込んだ。

廊下に出たところで、スマホの電源を入れる。みんな気を遣ってくれたのか、新規のメッセージは届いていなかった。

コートのポケットにスマホをしまおうとしたら、指に何かが触れた。

紐を摑んで引っ張り出す。

試験前、瑛太からもらったお守りだ。

自然と美緒の表情が緩む。彼が「効くと思う」と言っていた通りだった。試験は美緒の得意な部分ばかりが出たので、点数には期待が持てる。それに、電車の中で出してくれた問題とほとんど同じ内容も出題された。

お礼を言わないといけない。

聞きたいこともある。

ただ、受験生で溢れた廊下では、立ち止まってスマホを操作するのは邪魔になりそうだったので、美緒はとにかく外に出ることにした。


雪はもう止んでいた。

空には太陽も顔を出している。けれど真冬のやさしい光では、積もりに積もった雪を溶かすことはできそうになくて、足元は冷たいままだ。

駅に向かう受験生の帰りの列が、雪を踏み固めて歩きやすくしてくれている。朝と比べるとだいぶましだ。

息を吐くと白く染まる。

試験で頭を使った分、少し熱っぽい感じもある。だから、今は寒さが心地よく思えた。

駅に着くと、行きとは反対方向の電車にひとりで乗った。ダイヤはまだ乱れていたけど、乗ってしまえば、電車は確実に美緒を地元まで運んでくれる。
途中の駅でたくさんの人が降りた。空いたシートの真ん中に美緒はちょこんと座る。
すると、思っていた以上に、自分が疲れていたことを実感した。
ふくらはぎがぱんぱんに張っている。雪で普段と違う歩き方をしたせいだろう。
筋肉痛はやだなあと考えた瞬間、瑛太のことを思い出していた。
「……」
その顔を思い浮かべながらスマホを取り出す。
お礼を言わないと。
あとは、聞きたいことがある。
LINEを起動すると、「えーた」の名前をタッチした。
でもいざメッセージを打とうとすると、なんて言おうかを考えてしまう。
答えが出ないうちに、電車は次の停車駅に止まった。
「片方、持つよ」
「いいって」
話し声に顔を上げると、制服姿の男の子と女の子が乗ってきていた。顔立ちはまだ
幼い。恐らく中学生。

男の子は大きな荷物を持っている。一メートルくらいある筒状のケース。バスケットボールやバレーボールを入れる折りたたみ式の籠だろうか。それと一緒に、クーラーボックスも肩からかけていた。

「駅降りたら、私が持つから」

女の子が改めて声をかけている。

「いいって。軽いし」

ふてくされたように視線を逸らす男の子。一見すると、機嫌が悪そうに思える。でも、それは照れているだけなんだと、はたから見ている美緒にはよくわかった。

そういえば、彼もよくそんな顔をしていた。

中学の頃の泉瑛太。

今でもよく覚えているのは、美緒が生徒会に入ってからのこと。美緒以外のメンバーはみんな部活と掛け持ちをしていたから、ちょっとした仕事は美緒がひとりで引き受けることが多かった。それを苦に思ったことはなかった。

でも、瑛太からは「夏目って、損な性格してるよな」と言われた。どこかふてくされた顔で。視線を逸らしたまま。

生徒会の書類がぎっしり詰まった重たい段ボール箱をひとりで運んでいたから、そんな風に見えたのだと思う。

だけど、残りの段ボール箱は、そのあと瑛太が手伝ってくれて、すぐに運び終わった。

だから、全然損なんてしていない。むしろ、損をしているのは瑛太の方だ。誰に認められるわけでもないのに、何の得があるわけでもないのに、美緒を手伝ってくれた。助けてくれた。その日以外にも、そんなことは何度かあった。

今日だってそうだ。

電車が動かなくて、とにかく不安だった美緒の前に突然彼は現れた。試験を受けられなかったらどうしようと、こわくてたまらなかった美緒を助けてくれた。心が折れて、諦めそうだった美緒の腕を引っ張って、試験会場まで連れて行ってくれたのだから……。

あの頃から、ずっと彼はそうだ。

そんなことに今さらのように気づく。

そこにどんな意味があるのかだって、もうわからない年齢じゃない。

体がぽかぽかと熱を帯びていく。顔なんて熱いくらい。

画面の消えたスマホには、見たことのない表情をした自分が映っていた。

うれしいような、恥ずかしいような、くすぐったいような、ちょっと楽しそうな顔。浮かれているような、戸惑っているような感じ。でも、基本、うれしい。

そのことを自覚すると、スマホの画面に映っていた美緒の表情は突然曇って、不機嫌な色に塗り替わってしまう。

だったら、あれはなんだったのか。

昨日、バスを降りた直後に目の当たりにした光景。瑛太の背中に恵那が抱きついていたあれは……。

試験前には、聞きたいことがあると瑛太に対して言えた。今は、聞きたいような、聞きたくないような、やっぱり聞きたいような、どっちも本音の気分になっている。

だから、スマホを操作しようとしていた美緒の指は躊躇ったまま動かない。やっと、「今日、ありがとう」とだけ打ってみても、送信ボタンを押せずにメッセージを消した。

そんなことを何度か繰り返していると、ＬＩＮＥの着信があった。

「……っ！」

送信者の名前を見た瞬間、驚いて声を出しそうになる。

今の美緒の気分に関係のある名前だったから。

——今日、ちょっと時間いいですか？

それは、小宮恵那からのメッセージ。

彼女らしからぬ丁寧な言葉に「ん？」と首を傾げる。「会長、時間いい？」とため口で送ってくるのが、いつもの恵那だ。

あんまり聞きたくない話かもしれない。でも、恵那に対して逃げるような態度を取るのはなんか嫌だったので、「いいよ」と返事を送った。「もうすぐ藤沢駅に着くから」と知らせて、改札口を出たところで待ち合わせる約束もした。

藤沢駅に到着するまでの約十分間、美緒は恵那の用件について考えていた。会えばすぐにわかるのに。それがわかっていても、考えるのをやめられない。

写真部のことだろうか。

前に見せてもらった瑛太の写真の件だろうか。

コンクールに出せるように、説得してほしいとかかもしれない。

あとは、それとも……。

結局、結論など出ないまま電車は藤沢駅に到着してしまう。

ホームに降りた美緒は、「ふぅ」とひとつ気合の息を吐いて、エスカレーターで改札のある二階に上がった。

ＩＣカードをかざして、改札口を出る。

外で待っていた恵那をすぐに見つけた。

「なに、急に？」

緊張を押し殺しながら、恵那に歩み寄る。

その美緒を、恵那は真っ直ぐに見つめていた。

「……」

「……」

普段とはやはり雰囲気の違う恵那の表情。だから、この時点で予感めいたものはあった。

「泉先輩のことなんだけど」

その名前を出されても、心に動揺は生まれない。ああ、やっぱり、という気しかしなかった。

「私、デートに誘ってもいい？」

彼女は視線を逸らすことなく、美緒の目を見てそう告げてきた。

どう答えようかなんて考えもしなかった。

考える前に、答えは言葉になっていたから。

「ダメ」

Chapter 6
Answer

1

間違えた英語の長文問題の見直しを終えると、瑛太は「ん～」とうめき声をもらしながら伸びをした。椅子の背もたれに体重を預けて大きくのけ反る。逆さまになった自室は、ちょっとだけ新鮮に見えた。

頭に血液が溜まっていくのを感じて体を前に起こす。

「はぁ……」

自然とため息が出たのは、勉強不足であることを痛感したから。今のレベルでは、一般受験での合格はどう考えても難しい。それでも、諦める気がないからため息が出る。まだまだやらなきゃいけないことが山積みだから。

時間を確認しようと思い、スマホに手を伸ばした。

ボタンに触れてディスプレイに光を灯す。

十一時半を回ったところ。

日付は一月二十一日を示していた。

大雪に見舞われたセンター試験の当日から約一週間。大きな通りの雪はさすがに溶けてなくなったけれど、路地の日陰には、雪かきで作られた雪山が今も残っている。その雪のように、瑛太の心には気になることがひとつ……あの日から溶けずに居座り続けている。

「なんだったんだよ。聞きたいことって……」

あれほどはっきりと「センターが終わったら、聞きたいことがある」と言われたのに、結局、今日にいたるまで夏目美緒からは何も尋ねられてはいなかった。

タイミングが悪いとか、機会に恵まれなかったとか、そういう感じではない。学校では、廊下ですれ違うことはあったし、グループLINEでは陽斗や葉月、依子を交えて、他愛のないやり取りを交わしている。

昨日には、葉月の家にみんなで集まって、センター試験のお疲れ会という名目のもと、お昼に鍋を食べたりもした。陽斗や葉月、依子が一緒だったとは言え、二時間以上も美緒と同じ空間で過ごしている。葉月の家からの帰りも、このあと予備校に行くという美緒と一緒だった。

だから、なんでもないやり取りは交わしている。だけど、思い返してみると、ふたりだけでしゃべった記憶がない。

そこに、瑛太は妙な距離を感じていた。

美緒が意図的にそうしているとしか思えない。

そして、そうされる理由には、心当たりがないわけじゃなかった。

センター試験のあの日……大雪の中、瑛太は藤沢駅に駆け付けたのだから。

半分パニック状態だったあの瞬間にはわからなくても、試験が終わって落ち着けば、瑛太の行動の意味に、きっと美緒だって気づいただろう。あの行動の裏にある瑛太の気持ちにだって気づいたはずなのだ。

そうだとすると、なおさら瑛太の方から「センターの日に、聞きたいことあるって言ってなかった？」と、話題を振るのは難しい。絶対藪蛇（やぶへび）になる。

でも、美緒が「聞きたい」と言っていたその内容については、やっぱり気になってしまう。この一週間、瑛太は気が付くとそのことばかり考えていた。

「……」

今もまた、そんな思考の袋小路に捕まっている。抜け出す術を模索していると、机の上でスマホがぶるぶると震えた。

ＬＩＮＥの着信。送信者は小宮恵那だ。

——今日の約束、忘れないでよ。午後一時に湘南江の島駅だからね

届いたのはそんなメッセージ。

昨日、恵那から連絡があり、「コンクールに写真出すオッケーくれたお礼したいから、日曜に時間ちょうだい」と言われていた。

最初は「そんなの別にいい」と返した瑛太だったが、「礼儀知らずだと思われたくない」と恵那に押し切られて、「昼間だけなら」と会う約束を交わしていた。

母親の作ってくれた昼ご飯のうどんを食べてから、瑛太は「夕飯までには帰る」と言って家を出た。

しばらくはバス通りになっている県道32号線沿いをいつものペースで歩く。途中、コンビニの角を曲がって一本奥の道に入った。モノレールの駅に向かうには、車の交通量が少ない裏道の方が歩きやすい。

そこは、瑛太が二年の冬まで通っていた中学校の近くでもあり、五十メートルほど先に校門が見えていた。懐かしさに瑛太の足が止まる。

坂道を上っていく途中にある中学校。下からだと校舎は木々に邪魔をされてよく見えなかったけれど、周辺の雰囲気はあの頃から変わっていないように思えた。

ちょっと寄り道をしようか。そんな考えが頭を過ったそのとき、Y字に割れた校門前の脇道から人影が出てきた。目に映った瞬間にドキッとしたのは、それが夏目美緒だったから。

彼女も瑛太に気づいて、驚いた顔をしている。一旦、立ち止まって……でも、すぐに瑛太のもとまで歩いてやってきた。

「どっか、行くんだ」

「夏目は予備校？」

美緒が持っているのは、勉強道具が詰まったいつもの鞄。

「そりゃ、受験生だし」

そう答えた美緒の目は、「いいね、推薦組は」と恨めしそうだった。

モノレールが行ったばかりの湘南深沢駅のホームには、他の利用客はいなかった。待っているのは瑛太と……どういうわけか瑛太についてきた美緒のふたりだけ。

美緒は瑛太から三歩くらい離れたところに立って、無言でスマホをいじっている。

「予備校じゃないの？　藤沢出るなら、バスの方がいいんじゃ」

モノレールが向かうのは、湘南江の島方面。終点から江ノ電に乗り換えれば、藤沢には出られるが、やっぱり遠回りになる。

「泉はデート？」

相変わらずスマホを見たまま、美緒はそんなことを言ってくる。

「デートってなに？」

「『仲のよい男女が約束して会うこと。あいびきとも言う』……だって」

辞書が表示されたスマホの画面を、美緒はわざわざ瑛太に見せてきた。作為的なものを感じる行動。ただ、何が美緒をそうさせているのかが瑛太にはわからない。

「……」

だから、返すべき言葉を見つけられないでいた。視線で美緒に説明を求める。それを察知してくれたのか、美緒が再び口を開いた。

「デートじゃないなら、泉はどこ行くの？」

「どこって、まあ、ちょっと……」

なんとなく恵那と約束をしているとは言えなかった。一度、ごまかすとますます言えなくなる。

「小宮さんと約束？」

代わりに、どういうわけか美緒の方から、そう聞いてきた。

「なんで、小宮が出てくるんだよ」

何に動揺したのかは、自分でもわからない。ただ、美緒の口からこの場面で恵那の名前が出たことに、瑛太の体は緊張した。何か知っているんだろうか。それとも偶然だろうか。どっちにしても、気持ちがそわそわする。

「だって、抱き付かれるくらい、仲がいいみたいだし」

さらっと口にした美緒はどこか退屈そうに遠くを見ていた。

「っ⁉　あのときの……やっぱり夏目だったのかよ」

誰かに見られていたような気がした。誰かの後ろ姿が、遠ざかっていくのを瑛太は目撃していた。それは、美緒に似ていた……。それは当然だ。美緒本人だったのだから。

「……」

美緒からはイエスも、ノーもない。何を考えているのか、彼女の横顔から読み取ることはできなかった。

でも、だから言えたのかもしれない。聞けたのかもしれない。この一週間、ずっと気になっていたことを。

「夏目、聞きたいことあるって言ったよな？」

半分は話題を変えたいからという気持ちも強かった。

「センターの日に、さ」

何も答えない美緒に向けてそうつけ足す。すると、ちらりと美緒が横目を向けてきた。

「……」

「もうよくなった。だいたいわかったし」

そう言って、視線を正面に戻してしまう。ホームには湘南江の島行きのモノレールが入ってきて、大きな音を立てながら停車した。

ドアが開く。美緒が先に乗り込んだ。心の中で「こっちは全然わかんないんだけど」と言いながら、瑛太もモノレールに仕方なく乗った。

空いていた四人掛けのボックス席に、美緒と瑛太ははす向かいに座った。

ドアが閉まってモノレールが走り出す。

瑛太は困ったような顔を窓の外に向けていた。ガラスに困惑顔が映っている。時々、窓を鏡にして、瑛太が自分の様子を伺っているのに美緒は気づいた。気づいたけれど、一度も瑛太と視線を合わせなかった。

困らせているのは自分だという自覚はある。だけど、美緒としては瑛太を困らせたいわけじゃない。瑛太にはどう映っているのかわからないけれど、美緒は美緒で自分自身の行動に困惑していた。

本当に何をやっているんだろう。

瑛太が言っていたように、予備校に行くのなら、コンビニ近くのバス停からバスに乗るのが一番早い。いつもはそうしている。それなのに、モノレールの駅までついていってしまった。一緒にモノレールに乗ってしまった。

この一週間、ずっと気になっていたから……。

あの言葉通り、恵那は瑛太をデートに誘ったのか。誘ったとして、瑛太はその誘いを受けたのか……。

「……」

「……」

結局、お互い無言のまま西鎌倉駅を過ぎて、次の片瀬山駅にモノレールは到着した。

ドアが開く。誰かが乗ってくる気配を、後方のドア口に感じた。

「あ、泉先輩！」

声に反応して、瑛太が美緒の後方に視線を向ける。すると、軽快な足音が後ろから近づいてきて、美緒の真横までやってきた。

「と、会長?」

怪訝な表情で美緒に気づいたのは、小宮恵那だった。ボックス席の背もたれに隠れて、美緒の姿までは見えていなかったようだ。

恵那は疑問を顔に張り付けたまま、瑛太の隣にすとんと座った。それは美緒の真正面でもある。

ドアを閉めたモノレールが再び走り出す。

「よいしょ」

カメラ用の三脚を恵那が足元に下ろす。いつも持ち歩いている本格的なデジカメは、肩から下げていた。女子が持っていると、大きさとデザインから自然と視線を集める。だけど、そうしたカメラや機材よりも、美緒が気になったのは恵那の服装だった。ロングのキュロットスカートに、白のブラウスと淡い色のカーディガン。上からスリムなデザインの薄手のコートを羽織っている。

女の子らしいシルエット。

前に見たダウンジャケットとデニムのスタイルとは印象がだいぶ違う。あれは、原付バイクに乗るための服装だったからなのかもしれないけれど、恵那のあの言葉を聞いたあとでは、今日に対する特別な意識を美緒は感じてしまった。今日はデートだから……。理由はそれだけで納得できる。

隣に座った瑛太を恵那が横目で気にしている。それとなく前髪を整える指先からは、恵那の緊張が伝わってきた。意識して選んだ洋服だから……。褒めてほしいという期待感と、変に思われたらどうしようという緊張感が半分ずつ同居している。

普段の彼女なら「この服どう？」と、さらっと瑛太に聞いただろう。だけど、今日の恵那は、大人しく座っているだけだ。特別な想いがそこにあるから。

「……」

誰も何も言わないまま、外の景色だけが流れていく。

お互いがお互いを気にしているような気まずい空気。モノレールの車内で、三人が座ったボックス席だけ、雰囲気が違っている。

「夏目には、偶然会ってさ」

思い出したように、恵那に説明の言葉をかけたのは瑛太だ。それは、美緒がいることに対してのもの。なんだか、恵那に言い訳をしているようにも聞こえて、美緒は文句のひとつも言いたかったけれど、どういうわけか想いは言葉にならなかった。ただ、何かをしていたい気持ちに駆られて、美緒は鞄から単語帳を出して開いた。

「ふーん」

代わりに、納得したような、納得していないような声を出したのは恵那だった。唇をへの字に曲げた顔を美緒の方に向けてくる。それを視界の上の方に美緒は捉えていた。

「ダメって言ったのに」

単語帳に視線を落としたまま、美緒は独り言のように呟く。

「会長の許可いる?」

あっけらかんとした恵那の返事。

「じゃあ、なんで聞いたの?」

単語帳から視線を上げて、真っ直ぐに恵那を見る。

「それは、なんとなく」

恵那も正面から美緒を見ていた。

「……」

「……」

どちらも視線を逸らさない。

「さっきからなんの話だよ」

瑛太はますます居心地の悪そうな顔をしている。美緒と恵那の間にあるただならぬ空気に困惑している。

「こっちの話」

その言葉は、綺麗に美緒と恵那で重なった。美緒が面白くなさそうに視線を単語帳に戻したのに対して、恵那は楽しげな顔を瑛太に向けていた。

「そっちの話なのは、わかってる……」

さらに困惑の色を濃くして、瑛太は眉間にしわを寄せていた。皺くちゃのパグ犬みたいな顔。少し前まではそれを見て美緒も笑えていたと思う。けれど、今はそんな気分にはなれなかった。

「泉先輩、顔面白い」

恵那にからかわれて窓の外に顔を背ける瑛太の姿を見ていると、気持ちはすっかりしぼんでいった。さっきから見たくないものを見せられている。少しだが息苦しさすら感じた。

モノレールが次の目白山下駅に到着すると、単語帳をぱたんと閉じて席を立つ。その行動に、瑛太と恵那が疑問の表情を向けてきた。

「あたし、ここだから」

ふたりとは視線を合わせずに、美緒は返事を待たないでモノレールを降りた。一秒でも早く瑛太と恵那がいるボックス席から離れたかった。今はひとりになりたかった。

背中でドアが閉まる音がする。

モノレールが走り去ると、ホームは静けさに包まれた。

誰もいない。駅に降りたのは美緒ひとりだけ……。

遠くに海が見えている。太陽の光を浴びて、きらきらと輝いていた。眩しくて、綺麗で、気持ちのいい景色。

いつまでも見ていられる光景。

だけど、この日の……このときの美緒は、我慢ができずにその場にしゃがみ込んでしまった。

モノレールの中では平気なふりをしていられたけれど、ひとりになると無理だった。

自分がショックを受けていることをごまかしきれない。瑛太が恵那の誘いを受けていたことを知って、心が揺さぶられている。嫌だという感情に胸が締め付けられている。

知りたかったけれど、見たくはなかった。瑛太と恵那がふたりで出かけていくところなんて……。

目の端にじんわりと涙が滲んでくる。それが、今の自分の気持ちを全部教えてくれた気がした。

涙がこぼれないように顔を上げる。

気持ちが落ち込まないように、立ち上がった。

「こんなのってさ……」

無理やり声を出すと、なんだか少しだけ笑えてきた。

「やだなあ、ほんと……」

やっぱり、ひとりでしゃべると笑ってしまう。

でも、自分をそうさせる感情には、もう心当たりがあった。

おかしくて笑ってるんじゃない。どこか楽しくて、なんだか浮かれた気分になって笑っている。笑ってしまう。頬が緩んでしまう。

「あたし、完璧本気じゃん」

その気持ちに気づけたことが、たまらなくうれしかったから。

きらきらと輝く海は、そんな美緒を祝福してくれているような気がした。

2

結局、彼女は何をしたかったんだろうか。

予備校があると言っていたのについてきて、理由も告げないまま先にモノレールを降りてしまった。

特に何か話したいことがあったようにも思えない。そういうときは、そういう空気を出してくるのが美緒だ。

何かを気にしていたような印象。それがなんだったのかは、瑛太には最後までわからなかった。

事情を知っているのは美緒本人と、あとはひとりだけ……瑛太の少し前を歩いている小宮恵那だ。

瑛太と恵那のふたりは終点の湘南江の島駅でモノレールを降りて、今は約四百メートルある真っ直ぐ延びた長い橋の上を歩いていた。

江の島へと続く弁天橋。

足元からは柱に打ち付ける波の音がしている。高さはそれほどないので、海の上を歩いているような気持ちになれて、とても気分がいい。

海風が、恵那の髪を揺らしていた。

「あのさ」

「ん？」

「夏目と何かあった？」

モノレールの中でのふたりの態度が雄弁に物語っていた。

「それ、泉先輩が聞く？」

肩越しに振り向いた恵那は、少し呆れたように笑っていた。

「どういう意味だよ」

「わかってないなら教えなーい」

再び前を向いて、どこかご機嫌な様子で恵那は橋を渡っていく。

「わかってないから、教えてほしいんだけど」

それを、「わかってないから教えない」というのは、何かの頓智だろうか。

「私のことだけならいいよ？　でも、美緒先輩のことも話さないとダメだし」

今度は、理屈の上ではわかる話になった。当人のいないところで、当人が話していないことを話すのはよくない。それには瑛太も同意だ。

だから、その話題は諦めて、瑛太は話を変えることにした。

「行き先は江の島？」

恵那には待ち合わせ場所を指定されただけで、その後のスケジュールに関しては一切知らされていない。

「ついてくればわかる～」

相変わらず、振り向きもせずに恵那は答えた。

こうも突き放されてしまっては取りつく島もない。あるのは目の前の江の島だけ。

恵那の背中を見ているのにも飽きたので、瑛太は追いついて隣に並んだ。

「それ、持つよ」

短く言って、恵那の手から三脚を奪った。

「ありがと、助かる～」

口の両端を持ち上げて、にっこりと恵那が笑う。

「荷物のバランスが悪いと、酷いやつだって思われるし」

恵那は小さなリュックとカメラ、それにさっきまでは三脚を持っていた。手ぶらの瑛太は、一緒に歩いていて少々居心地が悪かった。

さすがは観光地という感じで、周囲には数えきれないほど多くの人がいる。江の島に向かう家族連れもいれば、もう引き返してくるカップルもいた。大きな荷物を背負った外国人観光客の姿も目に留まる。

「変なこと気にするね。泉先輩って」

じっと瑛太を見つめる恵那の瞳は、なんだかうれしそうに輝いていた。それがどうにも照れくさい。ごまかすように「普通のことだろ」と言って、瑛太は前を向いた。

弁天橋を渡り終えると、そこからは江島神社の参道に差し掛かる。両脇を商店に囲まれた情緒のある坂道。

上るにつれて細くなる参道を進むと、赤い大きな鳥居の前に出た。その先には石の階段が続いている。

「一番上まで行くんだけど、エスカー使う?」

ちらっと恵那が横目で見てくる。エスカーというのは、エスカレーターのことで、長い階段が続く江の島観光の足になっている。

「いいよ、階段で」

「結構あるよ?」

「俺は平気」

「じゃあ、競争ね」

「走ると危ないし、他の人に迷惑だから却下」

言いながら、瑛太は階段をゆっくりと上りはじめた。

「妙に冷めてるよね、泉先輩って」

後ろから恵那の声がついてくる。

「相馬先輩には勝負吹っ掛けるくせにさ」

聞こえないふりをして、瑛太は黙々と足を動かし続けた。


途中、最初に見えてきた辺津宮の社殿に参拝した。神様に自分が何者かを名乗り、お願い事をひとつだけ告げてその場を離れる。

「なにお願いしたの？　やっぱり、合格祈願？」

「夏目の合格祈願は初詣のときにした」

ここで別の神様にまでお願いするのは、さすがに節操がない。

「泉先輩のって意味なんだけど」

「……」

「受験するんでしょ？」

「するけど、自分のことは自分でやんないと意味ない」

「泉先輩っぽいね、それ」

けらけらと恵那が声を上げて笑う。

「写真。コンクールで賞取れますようにってお願いしといた」

階段を一段ずつ確認しながら、瑛太はそう口にした。

少し驚いたような顔を恵那が向けてくる。でも、すぐに悪戯っぽい表情になって、

「写真部のことなんてどうでもいいって言ってなかった？」と絡んできた。

「今は、どうでもよくなくなった」

「なんで？」

「小宮が一生懸命なことは報われてほしい」

感情を真っ直ぐに言葉にするのは、どうしても照れくさい。だから、恵那のことは見られなかった。そんな瑛太のことを、きっと恵那はからかってくる。

そう思っていたのに、実際には何も言ってこなかった。

「うん、ありがと……」

唯一聞こえたのは、どこかしおらしい呟きだけだった。

そのあとは、二百五十四段もある階段でお互いに息が上がり、悠長に会話を楽しんでいる余裕すらなくなった。

ただ、黙々と足を動かして頂上を目指した。

最後の一段を上り切ったときには、もう足はぱんぱんで、その場に座り込んでしまいたいくらいだったけれど、恵那が意外とけろっとしていたから、弱音を吐こうという気にはなれなかった。

「で、このあとは？」

強がって瑛太の方から声をかける。深呼吸をして息を整える。

「もう少し。あの下まで」

そう言って恵那が視線を上げた先には、灯台のような建物が見えていた。

跳ねるような足取りの恵那に連れてこられたのは、江の島のシンボルであるシーキャンドルの足元。

今はチューリップ園が催されていて、赤や黄色、ピンクに白、薄紫……実に色鮮やかな花が見事に咲き誇っていた。

一週間前には大雪が降ったばかりの真冬の時期にもかかわらず、視界一面がチューリップで覆われている。

「チューリップって冬も咲くんだな」

冬と花がイメージ的に結びつかない。その先入観が、目の前の光景をとても神秘的なものに見せていた。

「三脚、ありがと」

呆けた瑛太の手から恵那が三脚を奪っていく。

早速、カメラをセットして、撮影の準備を恵那ははじめていた。太陽の向きを確認して、位置取りをする。ファインダーを覗き込み、シャッターを切った。撮った写真をすぐさま液晶画面で確認する恵那の横顔は真剣。余計なチャチャを入れようという気にはなれない。

邪魔ができないというよりも、邪魔をしたくないと思わせる雰囲気が恵那にはあった。

そうして、恵那は写真を撮り続けて……瑛太は、そんな恵那の様子をぼんやり眺めたり、まるで絵本の中のようなチューリップ畑の景色を見たりして楽しんだ。

すれ違うのはほとんどがカップルで、「チューリップ、綺麗だね」とか言いながら、瑛太と恵那の側を通り抜けていく。少し離れると、写真に夢中な恵那と、放置されている瑛太のことを、決まって話題に出しているようだった。かわいそうな彼氏とか、情けない彼氏とか、心外なことを言われている。

彼らから見れば、瑛太と恵那も恋人同士に見えるらしい。なんの関係もない若い男女が、ふたりでチューリップを見に来ることもないだろうから、そんなものなのかもしれない。

ちょっとした居心地の悪さを感じながら、瑛太は近くのベンチに座った。

恵那は今も五メートルばかり離れたところで、花壇に咲くチューリップにカメラを向けている。三脚からは外して、両脇を締めてカメラを構えていた。

どこまでも真剣な表情。凛とした横顔。チューリップ以上に、生き生きとした恵那は被写体として魅力的に思えた。

試しにスマホを出して、カメラを構えた恵那をフレームに収める。シャッターボタンに触れると、パシャっと大きな音がして、小さな画面の中に恵那の姿が切り取られた。思った通り、かなりよく撮れている。

「盗撮とか、ひくー」

テンションの下がった声につられて顔を上げると、汚いものを見るような目で恵那が瑛太を見ていた。

「勝手に人の写真撮った小宮が言うな」

「私はちゃんとした写真だからいいの」

言いながら、ベンチの隣に恵那が座ってきた。瑛太のスマホを覗き込んでくる。

「あ、結構いいじゃん」

「最近のスマホは優秀だから」

「被写体もいいしね」

「そうですね」

すんなり認めたのは、本当にその通りだと思っているから。

「つーか、写真撮るだけなら、俺いらないだろ」

「んー、でも、本命はこっちだし」

きっぱりと瑛太の発言を否定した恵那は、リュックからノートサイズのアルバムを出していた。それを瑛太に差し出してくる。

「写真のお礼は、写真だと思って」

よくわからないまま、とりあえず瑛太はアルバムを受け取った。目で「見てもいい？」と聞くと、恵那は無言で頷いた。

開いた最初のページにあったのは入学式の写真。柏尾川高校のもの。よく見ると、手前の方に写っていたのは美緒だった。その少し奥には、陽斗の頭が見えている。隣の一枚には、葉月と依子もいた。みんな、今よりも表情が幼い。高校三年間で結構大人になったんだとわかる。

次のページには、野球部の練習着でグラウンドを整備している陽斗の後ろ姿。渡り廊下でトランペットの練習をしている葉月の写真もある。夏場だろうか、水道で頭から水を被っているジャージ姿の依子もいた。

生徒会選挙の演説をしている美緒の表情には、緊張が張り付いていた。

他にも体育祭の応援団をしている陽斗。文化祭で仮装している美緒。球技大会の休憩中で気の抜けた顔をしている依子。夏の大会でバッターボックスに立つ陽斗や、スタンドでトランペットの演奏をしている葉月など……瑛太が一緒に過ごせなかった時間の全部が、アルバムの中には詰まっていた。

「これ、全部小宮が？」

「最初の方は卒業した先輩が撮ったやつ。さすがに入学式は撮れないって」

それもそうだ。恵那は瑛太たちよりもひとつ学年が下なのだから。

「なんか、すごいな」

上手く言えない。でも、すごいと思う。瑛太は一緒にはいなかったけど、ここにいた陽斗や美緒たちのその瞬間を、少しだけ共有できたような気になる。

「泉先輩も、この中にいたかった？」

「いたかったかも……」

アルバムの中の景色はどれも過ぎ去ってしまったものだから、余計に尊いと感じてしまう。もうその瞬間には戻れない。やり直せない。

同時に、やっぱり自分は彼らと同じ場所にはいなかったんだということを痛感した。

アルバムのどこを探しても、瑛太の姿は見つけられなかったから。

「でも、今は、よかったと思う。こんな時期に引っ越してきて」

それもまた瑛太の中にある本心だった。

「なんでそう思うの？」

「ずっとこの街にいたら、気が付かなかったこともあったと思うし」

ずっと近くにいたら、今こんな気持ちにはなれていなかったと思う。

伝えたいことも、伝えなきゃいけないことも……そんなのはいつでもできるって勘違いをして、今、この瞬間になっても、何もしていなかったんじゃないだろうか。

そうやって、まだ大丈夫って思いながら、時間だけが過ぎていってしまったように思う。

「じゃあ、気づいたから、泉先輩は受験するんだ」

真剣な恵那の眼差し。

「気づいたから、毎日走って体を鍛えてるんだ」

瞳の奥に、かすかに寂しさのようなものを感じた。でも、その意味が瑛太にはわからなくて、「そうだよ」と答えるしかなかった。

今さらみっともなく否定しても仕方がない。美緒への気持ちも、陽斗への対抗心も、恵那にはもう全部ばれている。

「だったら、さっさと美緒先輩に告白しなよ」

「いいんだよ。こうしかできないんだから」

何かひとつでも自分に自信を持ちたい。そうじゃないと言えない。そうなれば言える気がする。遠回りだとしても、それが瑛太には必要なことだった。

「わかった」

少しむきになった声を上げて、恵那が突然立ち上がる。一体、何がわかったというのだろうか。瑛太にはさっぱりわからない。

そんな瑛太の前に、恵那が立っている。決意を溜め込んだ瞳で見つめてきた。

「コンクールで賞取ったらさ。私もえーた先輩に告白する」

「……」

いきなりの発言に理解が追い付かず、瑛太は口をぽかんと開けることしかできなかった。

「じゃあね！」

呆けたままの瑛太をベンチに置き去りにして、恵那はひとりで帰って行ってしまう。

その背中に声をかけることはできなかった。追いかけることもできなかった。

恵那の背中が見えなくなったところで、ようやくそう声がもれた。ずるずるとベンチから滑り落ちるように脱力する。

「なんだよ……」

目の前には、シーキャンドルを囲むように、綺麗なチューリップ畑が広がっていた。

けれど、瑛太の心は外側には向いていなかった。

「それって、もうさ……」

どう考えても、告白しているのと同じだったから……。

3

「びみょー」

正しく時間を計って解いた三教科分の採点を終えると、美緒の口からは無自覚にそんな思いが漏れ出ていた。

予備校の自習室。ひとりずつパーテーションで区切られた机の上に広げられているのは、一般入試の過去問。今日、目白山下駅で降りたあと、湘南モノレールと江ノ電を乗り継いで出た藤沢駅の本屋で買ってきた赤本だ。

問題の傾向は、美緒が第一志望にしている翠山学院大学の入試と似ている。でも、ところどころに癖のある問題が潜んでいて、少しだけ難しい印象を受けた。点数を削りに来ている嫌な問題がある。

採点を終えたノートには、マルが六割、バツが四割つけられている。

これが模試だったら、たぶんC判定くらい。

悪くはない。でも、合格ラインに達しているとは言えない。本番の試験で得意な分野が多く出題されれば受かるかもしれない。そういう運任せの曖昧な状況。

「美緒、なんか言った？」

隣の席から顔を覗かせてきたのは、早苗だった。

「あたし、なんか言ってた？」

「びみょー、とか？」

「あ、言ったかも。ごめん」

完全に無意識だった。

「私、そろそろ帰るけど、美緒は？」

スマホで時間を確認する。午後六時を過ぎている。瑛太と恵那はまだ一緒にいるんだろうか。それとも、もう帰ったのだろうか。どちらであっても関係ない。関係ないけど、考えてしまっている。

「キリもいいし、あたしも帰る」

頭を切り替えるために、美緒はそう答えていた。元々、三教科続けて入試問題を解いた頭は、もうくたくただ。これ以上は勉強しても効率が下がる。そういう状態で無理して勉強していると、いまいち勉強が進まない感じがして焦ってくる。いいことなんて何もない。

ノートを閉じて、筆箱と一緒に鞄に入れる。まだ折り目のついていない新品の赤本を最後にしまって席を立った。

早苗と一緒に自習室を静かに出る。他の受験生の邪魔にならないようにドアはゆっくり閉めた。

出入口側の休憩スペースには、複数の生徒がいた。ここは講師室とカウンターを挟んで一体化されているので、先生に質問したり、雑談したりができるようになっている。今も、何人かの生徒が先生を捕まえていたけれど、よく聞くとほとんどが勉強とは関係ない内容だった。中には、「願書は早めに出しておけよ」と注意されている生徒もいる。

「先生、さよなら」

「さよなら」

早苗とともに先生たちに挨拶をしてから予備校の外に出た。

「美緒、願書出した？」

建物の階段を下りている途中で、早苗が聞いてくる。

「実はまだ」

「私も。週明け出さないと」

「そうだね」

「じゃ、また明日」

一階まで下りると、予備校の前でばいばいと手を振る。早苗は藤沢駅の近くに住んでいるから歩いて帰れるのだ。

早苗の後ろ姿が見えなくなるまでなんとなく見送っていると、「夏目さん？」と遠慮がちに声をかけられた。

知っている声音。

振り向く前に、森川葉月だと美緒にはわかった。わかっていたのに、いざ振り向くと、美緒は一瞬言葉を失った。

「……」

無言のまま、瞬きだけを繰り返す。

確かに葉月が立っている。森川葉月に間違いない。

だけど、美緒の知っている葉月とは髪型が違っていた。服装の感じも違っていた。

大人しいというか、悪く言えば、地味にも見えていた彼女。それが、今は後ろでまとめていた髪を肩から前に流している。シンプルで大人っぽく見える洋服に身を包んでいる。長身で綺麗な顔立ちの葉月には、どちらもよく似合っていた。

「やっぱり、変かな?」

困ったように葉月が目を伏せる。

「ううん、そんなことない」

左右に首を振って、美緒は力強く否定した。

「すごく似合ってる。ほんと」

背の低い美緒には似合わない服装と髪型。だから、素直に羨ましく思えた。

「でも、どうしたの急に」

随分と思い切った変化だ。何か思うところでもあったのだろうか。例えば、陽斗のこととかで……。

「今のままだと地味だから、大学で浮くよ、って妹に言われて」

少し恥ずかしそうに葉月が理由を口にする。

「そっか……そうだね。春にはそうだもんね」

葉月は兵庫の女子大に推薦が決まっていると、前に聞かされている。

「森川さんは……なんで今の進路に決めたの？」

「え……？」

「あ、ごめん、急に」

「ううん。うちはずっと農家で……いつかは、私も家族の手伝いをするって決めているから。その『いつか』が来る前に、大学も興味あったし……一人暮らしもしてみたかったんだ」

なんとなく聞いた質問に対して、葉月は落ち着いた言葉で答えてくれた。今、考えて出てきた言葉じゃない。何度か誰かに言ったことのある言葉なんだと美緒は感じた。地に足がついている。

「だから……兵庫の女子大なんだ」

「まだ大人になりたくないだけなのかな」

照れくさそうに葉月が笑う。

「夏目さん、大学、翠山志望だよね？　どうして？」

聞かれたお礼という感じのやわらかさで葉月が聞き返してくる。

「あたしは、よくわかんなくなっちゃって」

大学受験をすると決めたときから志望校は変わっていない。切っ掛けは、姉の美奈が通う大学だったから。学祭のときに遊びに行って、なんだか楽しそうだったから志望校に決めた。

それ以上の理由はないし、偏差値以上の動機を必要とされる機会だってなかった。

だけど、今日、新しい赤本を買って、必死に解いて、あんまり点数がよくなかったことに落ち込んで……自分が何をしたいのか、何をやっているのか、今さらながら考えてしまった。

「ごめん。それで、こんな話」

「ううん、平気」

「ありがと。明日、相馬の反応楽しみだね」

じゃあと小さく手を振って、バス停の方に歩き出す。

「あ……夏目さん！」

その美緒の背中を、葉月の声が力強く呼び止めた。

「……？」

不思議に思いながら葉月を振り返る。そこには、どこか真剣な眼差しで美緒を見つめる葉月がいた。

「勘違いだったらごめん」

「なに……?」

本当になんだろうか。葉月のこんな顔を見るのははじめてだった。どこか不安げで、でも、一生懸命な光が瞳に宿っている。

「あの……」

「うん」

「もしかして、夏目さん、相馬君のこと……」

途切れた言葉の続きは、聞かなくてもわかった。葉月の瞳が言葉以上に語っている。下唇を噛んだ葉月の切なげな表情が教えてくれた。

まったく予期していない不意打ちだったから、心臓はどきどきしていた。ゆっくり呼吸を繰り返して落ち着くのを少しだけ待つ。

一度だけ視線を落としたのは、今の気持ちを確認するため。そのあとで、美緒は再び葉月の視線を正面から受け止めた。そして、はっきりと想いを告げた。

「好きだったよ」

「……うん」

掠れそうな声で、葉月がゆっくりと頷く。わかっていたという顔をしている。いつばれたのだろう。真由子や桃花も気づいていたから、美緒が思っているよりも、わかりやすかったのかもしれない。それならそれでいい。大事なのは今、これからだから。

「中学んときの片想い。その気持ちを大事にしまってて……」

「夏目さん、私」

葉月が何か言おうとする。でも、美緒は言葉を止めなかった。

「でも、やっと気づいたんだ。初恋のまま、あたしはずっと止まってたんだって。実らなかったし、実らせようとしてなかった。それで満足してた……友達に『好きな人いるの？』って聞かれたときも、『いるよ』って、会話に参加できたから」

「……じゃあ、今は」

「甘酸っぱい思い出だって」

「……本当に？」

「ほんとにほんと」

それでも、困ったような顔の葉月に納得した様子はない。だから、美緒は最後の言葉を口にした。

「あたし、ちゃんと好きな人いるから」

笑顔で言おうとして……ちょっと失敗した。でも、それでよかったんだと思う。それがよかったんだと思う。思いっきり照れた顔をしたら、やっと彼女も納得してくれたから。

Chapter 7

Roundabout

1

マンション一階のエントランスから外に出ると、吐く息は白く染まった。

二月になれば、少しは春の兆しも見えると思っていたのに、TVの天気予報が言うには、「もうしばらくは雪がぱらついてもおかしくない厳しい寒さが続きます」とのことだった。

実際、一昨日は粉雪が空を舞った。

上着のポケットに手を突っ込んだ瑛太は、寒さに身を縮めながら県道32号線に出た。しばらく道なりに進んでいく。

去年の暮れに引っ越してきたマンションから出かけるには、どこに行くにしてもまずこの通りに出なければならない。

おかげで、すっかり歩き慣れた道になっている。周囲の景色も見慣れた。

だけど、今日は少しばかり瑛太の気分は浮ついていた。

平日の午前中。十時過ぎ。普段なら学校にいる時間帯。

そんな時間に出歩いていることに、瑛太の体は違和感を覚えているようだった。

三年生は、二月になってから自由登校がはじまっている。一般受験の日程が、この時期に集中しているから。学校に行くのは、週一回の登校日だけでいい。

だから、別にさぼってふらついているわけじゃない。それなのに、どういうわけか少し悪いことをしているような感覚が、瑛太の腹の中には居座っていた。

我ながら真面目というか、融通の利かない体だと思う。

ただ、そわそわしていることに関しては、もうひとつ別の理由があることを瑛太は自覚していた。今日が何の日かは瑛太が一番よくわかっている。

二月十五日。木曜日。

瑛太にとっては勝負の日となる大学受験の試験前日。

明日の今頃は、試験会場で問題と格闘しているはず。

限られた時間の中で、やれるだけのことはやってきた。一月のうちは、登校してから帰りの時間まで、そのすべてを勉強に費やした。帰宅してからも、机にかじりついた。二月になってからは、毎日のランニング以外は外にも出ないで、勉強一色の日々を送ってきた。

その間には、陽斗から何度か遊びの誘いだってあったのだが、受験のことは伏せたままやんわりと断り続けた。終わったら陽斗には全部話すつもりだ。

グループLINEの方は、受験生の美緒にみんなが気を遣っているのか、活発なやり取りはなかった。時々、意味のないスタンプを送り合ったくらい。でも、それが重要なんだと思う。意味がないようで、意味はある。一度、連絡が途切れると、なかなか次の一言が言い出しづらくなるから……。

そんなことを考えながら歩いていると、上着のポケットの中でスマホが震えた。

陽斗からのLINEだ。

——グラウンドいる

すぐに「了解」のスタンプを返しておく。

試験の前日にもかかわらず、瑛太が外に出たのは、昨日の夜に陽斗から「ちょい話したいことある」とLINEをもらったから。「なに?」とその場で聞いても、「会って話すべ」と言われてしまった。結局、気分転換もかねて、オッケーの返事をしたのだ。どうせ試験の前日は、勉強に集中できないだろうから。

連絡をもらってから十分ほどして、瑛太は指定されたグラウンドに到着した。陽斗が住んでいる集合住宅の側にあるだだっ広い空間。昔はよく陽斗とふたりでキャッチボールをした思い出の場所。

左右を見渡すと、あの頃よりも少し狭くなったように感じる。

グラウンドに下りる階段の途中に、陽斗の背中を見つけた。どっかりと座り込んでいる。

階段を下りて近づきながら、瑛太は声をかけた。

「森川さんと何かいいことあった？」

気づいた陽斗が振り返る。その表情は予想外に苦々しいものだった。

「なんで、森川なんだよ」

「最近の陽斗っていったら、森川さんでしょ」

「ま、そーかもしんねえけど」

正面に向き直って、どこか不貞腐れた顔を陽斗はしている。

陽斗の一段下まで下りて、瑛太も階段に座った。身を乗り出して手を伸ばせば、ぎりぎり届くくらいのふたりの距離。

「振られたとか？」

冗談のつもりで軽く口にする。

「ああ、昨日、振られた」

さらっと返ってきたのはそんな言葉。予想の正反対。

「ほんとに……？」

最近のふたりの雰囲気からして、いまいち実感が湧いてこない。葉月が髪型を変えて以降は、ますます距離が近づいているように感じていた。だから……。

「逆の話だと思ってたんだけど」

だいたい昨日といえば、二月十四日だ。バレンタインデー。葉月に呼び出されたことを告げる浮かれたＬＩＮＥを瑛太は陽斗から受け取っていた。

「振られたあと……告白された」

「……意味がわかんない」

「今は、まだダメで……森川の大学と、俺の仕事が落ち着いてからだって」

どこか他人事のように、つまらなそうに、陽斗が淡々と語る。

「あー、なるほど」

言われてようやく理解した。だから、振られたあとで、告白なのだ。まだ付き合いは浅いが、葉月らしい判断だという気がした。急いで付き合っても、上手くいかない。春になれば、物理的な距離がふたりの障害になるから。そんなことを理由に関係が壊れるのが嫌だと彼女は考えたのだろう。落ち着きがあって、現実的な結論。それはそれで正しい。

「陽斗、それで納得したんだ」

「してねーけど、するしかねーべ。往復三万かかるって言われたらさ」

陽斗がスマホの画面を瑛太に見せてくる。乗り換えアプリで「藤沢」から「新神戸」までの料金が表示されていた。

ふたりでお金の話までしたのかと思うと、瑛太は吹き出してしまった。本当にどこまでも現実的だ。その上で、よくよく聞いてみれば、のろけ話のようにも聞こえる。

「笑いごとじゃねーって」

「毎週会いに行くとか言って、陽斗、食い下がったんでしょ」

そうでなければ、三万円なんて言葉に飛躍はしないはずだ。

「俺は今でも行くつもりだよ」

聞き分けのない子供のように陽斗が言う。でも、その表情はもう駄々をこねるだけの小さな子供とは違う。大人ではないかもしれないけれど、子供でもない。

「いいじゃん、行けば。俺のいた九州より全然近いし、余裕でしょ。連絡だけはちゃんと続けなよ。しばらく空くと、ＬＩＮＥも送りづらくなるじゃん？」

肩越しに振り向くと、「だな」と少し弱々しく陽斗が笑った。

「瑛太も連絡しろよ」

「時々ね」

「夏目にだよ」

「なんで……」

言いかけた言葉は最後まで続けられなかった。瑛太が疑問を口にする前に、陽斗が決定的な言葉をぶつけてきたから。

「受験すんだろ」

真っ直ぐに陽斗が瑛太を見ている。視線を逸らすことはできなかった。

「……それ、どうして」

さっき言えなかった疑問をようやく口に出す。陽斗にはまだ受験のことは言っていない。

「先週だったかな。小宮に聞いたんだよ。なんか、俺は知ってるもんだと思ってたみたいでさ。向こうも驚いてたぞ」

どこか恨みがましい目を陽斗は向けてくる。知らなかったことが悔しかったという顔。「お前っていつもそうだよな」と目で瑛太に文句を言っている。

「当然、夏目に言ってないんだろ？」

「言うよ。合格したら全部」

正面に向き直ってから、グラウンドの遠くを見て想いを言葉にする。

「じゃあ、明日、負けんなよ」

身を乗り出して陽斗が軽く肩にパンチをしてくる。

「勝ち負けじゃないって」

お返しに瑛太も、陽斗の肩に拳を当てた。

「でも、負けんな」

理屈では間違っているのかもしれないけど、気分としては正解の言葉。それは、実に陽斗らしいエールだった。


大事なことだけ話して、陽斗とは十二時前に別れた。

ひとりになった帰り道。コンビニの前を通りかかると、後ろからゆっくり近づいてくる車の気配に気づいた。一瞬、遅れて小さくクラクションが鳴らされる。

疑問に思いながらコンパクトカーの運転席に目を向けると、美緒の姉である美奈がハンドルを握っていた。

脇に車が止まる。助手席のドアを開けるように、美奈が身振りで伝えてきた。指示された通り、ひとまずドアを開けると、「帰るの？　送ってあげる。乗って」と一方的に言われた。

「後ろ車来ちゃうから早く」

断る間もない。促されるまま助手席に瑛太は乗り込んだ。シートベルトを締めると同時に車は軽快に走り出した。

「昼間からふらついて余裕だね。瑛太君、受験は？」

「一応、大学決まってます」

「その言い方、いい大学でしょ？」

「一応、上叡です」

「賢いじゃん」

にんまりと美奈が口元で笑っている。「なるほどね～」と、何やら深く納得していた。たいした話はしていないから、少し大げさな納得の仕方に思える。

「なんですか？」

「最近、美緒と受験の話はした？」

気になってぶつけた質問には、さらっと別の質問が返ってきた。

「……してません。推薦もらってると、その話題、嫌味になるんで」

「あの子、こんな顔するでしょ？」

赤信号で止まったところで、美奈がむすっとした美緒の顔真似をする。さすが姉妹というか、とてもよく似ていて、瑛太は吹き出してしまった。

「瑛太君の前だと、かなり素を出すからね。美緒って」

その言葉に、中学の頃なら浮かれることもできた。実際に、あの当時は、一緒にいるときだけフランクな態度を取る彼女の姿に、優越感のようなものを抱いていた。

だけど、今は違う。素を出せるというのは、見栄を張るほど瑛太が特別な相手じゃないからだとわかっている。かわいく見せたいとか、かっこいいと思われたいとか、そういう欲を抱かない相手だから自然体でいられるだけ。それもひとつの特別ではあるのかもしれない。けれど、瑛太が思い描く特別とは、たぶん正反対にあるものだ。

わかってしまった。そういうことが。

それならそれで構わないと今は思える。彼女の気持ちがどうであれ、瑛太のやることとは変わらない。変えられない。あとは全力でやるべきことをやればいい。

後悔したところで時間が巻き戻るわけじゃないし、試験の日程だって変わるわけじゃない。明日はやってくる。

信号が青に変わると、車は再び走り出した。

2

「お姉ちゃん、お風呂空いたよ」

二階に上がると、姉の部屋に向かって美緒は声をかけた。

すぐにドアが開いて美奈が廊下に出てくる。

「あ、そうだ。昼間、瑛太君と会ったよ」

美緒の顔を見るなり、美奈はそんなことを言ってくる。何か含んだような言い方が気に入らない。

「余計なこと言ってないよね？」

「私は何も言ってない」

何か企んでいるような顔。まったく信用できない。

「ほんとに？」

「瑛太君、大学決まってるんだってね。上叡に」

大学名をやけに強調して言ってくる。やっぱりだ。美奈が何を言いたいのかは、美緒にはよくわかっていた。わかっていたから、色々と言っておきたくなる。だけど、しゃべればしゃべるほどぼろが出そうで、美緒は「違うから」とだけ言って、自分の部屋に戻った。

ばたんとドアを閉める。

明日は試験だ。最後の見直しをしようと思い、美緒は机の前に座った。すると、充電中だったスマホのLEDが点滅していることに気づいた。LINEの着信だ。

画面を開くと、グループにメッセージが入っている。

話題は明日のこと。美緒の大学入試があるから、天気を気にしてくれている。センター試験のときは散々だったから、「晴れたらいいね」と葉月が言っていた。「夜、雪みたいだぞ」と陽斗が続ける。「夜ならいいじゃん」と笑い飛ばしたのは依子だ。そこから話は逸れていって、気が付くと「積もったら雪合戦しよう」みたいなことを陽斗が言い出していた。

――いいね、雪合戦

試験が終わったら思いっきり遊びたい。だから、そう書いて送った。

みんなが「やろう、やろう」と盛り上がってくれる。瑛太だけは「寒いのはちょっと」とじじくさいことを言って、みんなに笑われていた。

瑛太の意見は却下され、陽斗がどんどん話を進めている。すぐに「明後日は雪合戦な」と予定をまとめていた。名目は受験の打ち上げ。それを理由に、遊びたいだけのような気がするけど、それならそれでよかった。

こんなやり取りが受験の前日にできていることが、美緒にとってはありがたい。さっきまであった緊張は、いつの間にかなくなっていたから。

陽斗が「いけるぜ！」と言ってくれた。

葉月が「がんばってね！」と応援してくれた。

依子が「大丈夫！」と励ましてくれた。

しばらく待っても、ひとりだけ何も言ってこない。

「普通、一言あるでしょ」

瑛太のアイコンに向けて文句を言う。すると、少し遅れて「がんばる」とスタンプが押された。瑛太が押したもの。

「それ、あたしの台詞」

当然のように、みんなからも瑛太は突っ込まれていた。

窓の外に視線を向ける。丘の上に立った一軒家からは、この街の様子を一望できた。

時刻は夜の十時。人々の営みを照らす明かりがあちこちに灯っている。その中にある光の塊に美緒は目を向けた。瑛太が住んでいる大きなマンション。窓を照らす無数の光。そのひとつが、たぶん泉瑛太の部屋。

彼は今もスマホを見ているんだろうか。誰かの返事を待っているんだろうか。全員の『既読』が付いて何を思っているんだろうか。

スマホに視線を戻すと、美緒も「がんばる」とスタンプを送った。いつも使っているウサギのキャラクターのやつ。すぐに既読は『4』になる。けれど、誰も何も言ってこない。

だから、美緒は今度こそ最後の見直しをするつもりで、英語の参考書を開いた。少し甘いものがほしくなる。机の上に置かれた小さな箱に手が伸びた。包装を開けると、四粒のチョコレートが入っている。そのひとつを摘まんで口に放り込んだ。買うだけ買って、誰にも渡さなかったバレンタインのチョコレート。オレンジの酸味が利いていて甘酸っぱかった。

合格したら伝えよう。この気持ちを全部。

3

その日の朝は、スマホのアラームが鳴る前に瑛太の目は覚めた。

布団をめくり、むくりと上体を起こす。暖房の止まった部屋の空気は、ひんやりしていて、寝起きの頭に丁度いい刺激をくれた。

セットした時間ぴったりにアラームが鳴り響く。それをすぐに止めると、瑛太はベッドから下りて部屋を出た。

「あら、今日は早いのね」

キッチンで朝食の支度をしていた母親が声をかけてくる。確かに、いつもより早い。リビングの時計は午前六時三十分を示していた。

「ちょっと、用事あって」

「瑛太って物好きよねえ。大学は推薦で決まったのに、まだ受験なんて」

インスタントのコーヒーをカップに注ぎながら、なんでもないことのように母親が口にする。

「……なんで知ってんの？」

受験のことは、母親に話していない。TVの前のソファに座って新聞を読んでいる父親にも伝えていなかった。

「受験料はどうしたんだ？」

新聞から顔を上げずに、父親が背中で聞いてくる。

「お年玉と、溜めてた小遣い」

「今日、お弁当は？」

「試験、午前中だけだから平気」

「部屋、もう少し自分で片付けなさいよ」

面倒くさそうに言いながら、母親はダイニングテーブルにトーストと目玉焼きの皿をひとり分だけ置いた。その場所は、いつも瑛太が座っている席だ。

食欲はないと言おうとしたけれど、その前に「試験なら、食べていきなさい」と父親に言われてしまった。大人しく席に着く。

バターを塗ってトーストをかじり、目玉焼きを口いっぱいに頬張った。牛乳を垂らしたコーヒーを眠気覚ましに飲みながら、親に見られたくないものは、今度から鍵のついた引き出しに入れようと瑛太は自らの心に誓った。

そうして、お腹を満たし、試験と戦うエネルギーを充填すると、瑛太は出かける準備に取り掛かった。

歯を磨き、顔を洗い、トイレに行って、部屋で着替える。持ち物を確認してから部屋を出る。その上で、玄関でもう一度忘れ物がないかチェックした。大事な受験票と筆記用具は鞄の中に入っている。財布の中身も問題ない。試験会場の大学までの交通費くらいはある。

わざわざ玄関まで見送りに来た母親に「がんばってね」と言われて、瑛太は曖昧な返事をして家を出た。

しばらくはいつもの県道32号線沿いを歩き、中学校の近くにあるコンビニの角を曲がって一本奥の道に入った。

朝の空気は冷たくて、勢いよく鼻で吸うと奥の方がつんとする。鏡を見ると、鼻の頭は赤くなっているんじゃないだろうか。息も白い。

ただ、今はその冷たさが心地よくもあった。試験会場に向かう瑛太に、適度な緊張感を与えてくれる。余計な思考は削ぎ落されて、集中力が高まる感じ。

瑛太の足が向かった先は、湘南モノレールの湘南深沢駅。ホームに上がる際には、周囲の様子を慎重に窺った。モノレールの到着を待っている利用者が数名。その中に、会うと困る相手の姿はなかった。

「……」

ひとまず安堵の吐息がこぼれる。

今日、入試があるのは瑛太だけじゃない。夏目美緒もまた同じ大学の試験を受ける。瑛太が向かおうとしているのは、彼女の第一志望の大学なのだから、当然、行き先は同じ。ここでばったり遭遇してしまっては目も当てられない。黙って受験をする意味がなくなってしまう。

少し早めの時間に出てきたおかげか、美緒とここで鉢合わせになることはなさそうだ。それでも、隠れていたいと思う気持ちは強くて、瑛太はマフラーを口元まで持ち上げて巻き直した。

ポケットに手を入れて、寒さに体を少し丸める。そうやって、瑛太は俯いたままモノレールがやってくるのを待った。

モノレールで大船駅まで出たあと、瑛太は都心に向かう電車に乗り換えた。

瑛太にとっては特別な意味を持つ一日。だけど、みんなにとってはいつもの平日の朝。通勤ラッシュの時間帯の電車内は、圧し潰されるほどではなかったが、身動きが取れない程度に混雑していた。

鞄から参考書を出して開くだけの隙間はない。瑛太は降りる駅に到着するまで、なかなか覚えられなかった英単語やイディオムを頭の中で反芻したり、日本史の紛らわしい人名を確認したりしながら過ごした。

そうして、大船駅から約四十分。電車は渋谷駅に到着する。他の乗客に押し出されるように瑛太はホームに降りた。改札に向かう流れの一部となって、列を乱さないようにして外へ出る。

昨日、地図アプリで確認しておいた交差点と、目印になる角の建物はすぐに見つかった。人がいっぱいで歩きづらい信号を渡り、その先に続く坂を道なりに進んだ。

駅から離れるにつれて人の流れが減っていく。

目的地である大学の正門前にたどり着く頃には、スーツ姿の社会人はいなくなり、瑛太と同世代の若者ばかりになっていた。

みんな、どこか張り詰めた空気をまとっている。ぴんと糸が張ったような緊張感。薄氷の上を慎重に歩いているようなひりつく静けさ。

門の脇に立てかけられていた「一般入試会場」の看板を横目に捉えて、瑛太は大学の敷地内に足を踏み入れた。高校と比べると、けた違いに広い。敷地の終わりが見えないキャンパス内を、案内に従って奥へと進んだ。

瑛太に割り当てられた試験会場の教室には、正門を通り抜けてから五分ほどかかってたどり着いた。

高校の教室より、横幅がある空間。四人掛けの長机が四列並んでいて、それぞれの両端に受験番号を記したテープが貼られていた。

瑛太の番号は、教室のほぼど真ん中にあった。

畳まれていた椅子を下ろして広げ、あまり音を立てないようにして席に着く。早めに来たつもりでいたのに、席の七割は埋まっていたので、本能的に気を遣ったのだ。

息の詰まる静けさ。

人の気配はたくさんあるのに、誰の話し声もしない。人工的な静寂がここにはある。

通路を挟んで隣に座った男子生徒は、じっと正面の壁にかけられた時計を見据えている。斜め前の女子生徒は、机の上に鉛筆を綺麗に並べていた。前の席には、受験票を机の角にぴったり合わせている背の高い男子がいる。瞑想でもするように目を閉じている生徒もいれば、参考書を開いて口をぱくぱくと動かしている生徒もいた。

だいたいがそれぞれの高校の制服姿。でも、一列にひとりくらいの割合で、私服の受験生もいた。

瑛太は鞄から出した受験票を机に置くと、シャーペンの針が入っているか、何度かノックをして確認した。消しゴムはふたつ用意してある。準備は万端。

緊張をほぐそうと思い、一度深呼吸をした。けれど、体にまとわりつくふわふわした感覚は、さよならしてくれない。だから、もうどうにかするのは諦めた。

試験がはじまれば、気にしている場合でもなくなる。だったら、それまで待てばいい。

そのあとは、特にするべきことがなくて、瑛太は隣の席の男子生徒につられたように、教室の時計をじっと見つめた。秒針が時を刻んでいく。一秒、また一秒と。

きっちり一分を数えたところで、前のドアから試験監督が入ってきた。ふくよかな中年女性。一緒に、助手と思われる若い男性が数名。後ろのドアからも、何人か入ってきた。恐らくは手伝いの大学生。

まだ何も言われていないのに全員が席に座って、正面に視線を向けた。

いつの間にか、席は全部埋まっている。

「問題を配ります」

落ち着いた中年女性の声。机と机の間の通路にひとりずつ助手の男性が移動して、受験生の前に問題冊子を一部ずつ置いていく。瑛太の机にも置かれた。その際に、受験票の有無も確認して、本人かどうかも顔を見てチェックしている様子だった。

それでも、全員に問題が行き届くのに、さほど時間はかからなかった。

再び、息の詰まる静寂が、教室内を支配する。時計の秒針が動く音まで聞こえてきた。誰かが少し大きく息を吐いた。それがまた一段と緊張を高めるきっかけになった。

でも、それもやがて終わりがやってくる。

試験の開始を告げるチャイムが鳴った。

受験生たちが、一斉に問題冊子の表紙をめくった。

彼らと一緒に、瑛太もページを勢いよくめくった。

4

試験が終わった夜、前日の天気予報は大きくはずれて、雪はまったく降らなかった。

だから、LINEで約束していた雪合戦ができるわけもなく、翌日の集まり自体がお流れとなった。美緒が「ちょっと風邪ひいたかもー」と連絡をしてきたのも、お疲れ会が開催されなかった理由のひとつ。

──試験終わって、気が抜けたみたい
葉月や依子が心配する声に、即座に返事をしていたから、症状自体は軽そうで安心した。

実際、翌週の登校日には、クラスの友達と楽しそうに話している美緒の姿を、瑛太は学校の廊下で見かけた。女子四人の賑やかなグループ。「受験の打ち上げしよ！」と、桃香が率先して盛り上げていた。

そういう解放感に満ちた空気は、受験が終わった校内全体に漂っていて、年末に引っ越してきた瑛太にとっては、見慣れていない少し違和感のある日常的な学校の風景だった。

穏やかな日々。のんびりした時間。

だけど、一日、また一日と日付を数えるごとに、そうした平凡な空気は、現実味を帯びてきた「卒業」の二文字に塗り替えられていった。うれしいような、寂しいような気持ちがごちゃ混ぜになった気分。焦燥感にも似た感情が校内を満たしていった。

美緒は毎日のようにクラスの友達と思い出作りをしているようだったし、それは、陽斗や葉月、依子も同じだった。受験という壁がなくなって、気を遣ったり、気を遣われたり……そういうのが取り払われて、本来の付き合いにみんな戻ったのだと思う。

だから、水族館に行った五人で作ったＬＩＮＥのグループは静かだった。受験が終わってからは、それほど活発なやり取りは行われていない。「またお疲れ会をしよう」なんて最初は言っていたけれど、実行されないまま、日々は流れていった。

そうした卒業前の雰囲気を、瑛太はどこか蚊帳の外から眺めていた。引っ越してきたのが十二月の終わり。柏尾川高校に通っていたのは三学期だけ。ここで三年間を過ごしてきた美緒や陽斗、葉月や依子らと同じように、卒業前の時間と気分を共有するのはやはりどうしても難しい。

そして、それは卒業式の当日も同じだった。


「瑛太がお世話になりました」

「お世話になりました」

母親にならって、瑛太は職員室の前で副校長にお辞儀をした。

「はい、卒業おめでとうございます」

副校長が顔を皺くちゃにした笑顔で祝福してくれる。

だから、瑛太はもう一度お辞儀をしておいた。

学校への挨拶が済むと、職員室前の階段を下りた。二階から一階へ。下は来賓用の昇降口で、外からは卒業生たちの賑やかな声が響いてきていた。

最後にみんなで写真を撮ろうとしている者もいれば、部活の後輩に囲まれて花束をもらっている者もいた。親と記念撮影をさせられている生徒の姿も……。

「瑛太は？」

「写真は別にいい」

「そうじゃなくて、もう帰る？」

「先に帰って。まだやることあるから」

そう。やることがある。やらなきゃならないことが……。

そのために、瑛太は卒業式がはじまる前にＬＩＮＥを送っていた。

卒業式後も、校内にはまだたくさんの卒業生が残っていた。

女子たちはグループで集まって卒業アルバムに寄せ書きをしていたし、男子はスマホで馬鹿な写真を取り合って騒ぎ散らしている。たぶん、みんなそうやって気持ちを紛らわしているんだと思う。

ひとりだと持て余してしまう感情を、みんなで共有して大丈夫だって言い聞かせている。だから、なかなか帰らないし、帰れない。帰ったときに、本当に高校生活が終わってしまうことを知っているから。

そういう名残惜しさでざわついた校内を、瑛太は足早に進んだ。渡り廊下を通って、職員室のある北棟から中央棟へ。中央棟からクランク状に繋がった南棟の三階までやってきた。

ドアの閉じた部屋の前で立ち止まる。

躊躇う気持ちを押し殺して、瑛太は写真部の部室のドアをノックした。

「どうぞ～」

中から聞こえたのは能天気な返事。

「失礼します」

そう声をかけてドアを開ける。

教室を半分くらいにしたような部屋。真ん中に大きなテーブルが置かれている。周囲の本棚には写真に関する書籍や、カメラの機材がずらり。

雑多なようで、ある程度は整頓されている室内。

その部屋の中心……テーブルの側に、カメラを持った小宮恵那が立っていた。

「はじめてだよね。えーた先輩から声かけてくんのってさ」

部屋に入って後ろ手にドアを閉める。すると、廊下の奥から響いていた卒業生の声は一気に遠くなり、写真部の部室は瑛太と恵那だけの空間に変わった。

「そうだっけ？」

「そうだよ」

「そうかな？」

そうだという自覚はあった。だから、瑛太はとぼけることしかできなかった。

「ま、いいけど。私もえーた先輩に用あったし」

そう言って、恵那はテーブルに置かれていたクリスタルのトロフィーを瑛太の顔の前に見せつけてきた。

刻まれているのは写真コンクールの名前。金賞。

「すごいでしょ！　金賞だよ、金賞。約束通り、顧問が写真部残せるように、掛け合ってくれるんだって！」

心底うれしそうに恵那が教えてくれる。

「そっか。おめでとう」

それは素直な感情だった。本当によかったと思う。恵那が居場所だと言っていた写真部だから。校舎の隅の方にある小さな部室でも、恵那にとっては大事な場所。来年も存続するなら安心だ。

「ま、私の実力じゃないんだけど」

恵那が喜んでいたのはつかの間……決まりが悪い笑顔に変わる。その理由は、トロフィーに刻まれた名前にある。「小宮恵那」ではなくて「清水徹」と彫られていた。

けれどそれに瑛太は驚かなかった。

「知ってるよ。見に行ったから」

コンクールの結果発表と、入選作品の展示は藤沢市内のホールで行われることを知

ったので、瑛太はこっそり見に行ったのだ。受験も終わっていたし、自分が思ってい
る以上に、写真部の行く末が気になっていたから……。

展示ホールの一番目立つところに、その写真は飾られていた。

カメラを構え、真剣な表情を見せる女子高生の写真。

小宮恵那の一番いい顔を捉えた写真だった。

「ほんと、いい顔してた」

ありのままに褒めると、恵那は恥ずかしくなったのか、少し視線を下げていた。

「えーた先輩のおかげだよ」

「俺、何もしてないけど」

結局、瑛太が被写体となった写真は賞を逃したのだから。

「あれ、先輩たちの写真撮ってたときのだから」

瑛太が陽斗に豪快にホームランを打たれたときの写真。そのふたりを撮影していた
恵那を切り取ったもの。

「じゃあ、一応役に立ったんだ、俺」

「うん」

小さく頷いた恵那の返事に、瑛太はそれ以上言葉を返さなかった。自然に会話が途

切れてしまう。写真部の部室には瑛太と恵那しかいないから、ふたりがしゃべらなければ、当然のように沈黙が訪れる。

「……」

「……」

でも、それは必然が作った沈黙でもあった。恵那にＬＩＮＥを送って、こうして会いに来たのは彼女に話があるから。言わないといけないことがあるから。

「小宮、俺さ……」

「返事はいいよ」

瑛太の言葉を、恵那はすぐに遮ってきた。

「賞を取ったらって言ったのに、ダメだったし」

少し早口になって、そんな言い訳をしてくる。でも、瑛太はその言葉をあえて無視した。空気が読めているくせに、読めていないふりをする恵那の真似をするように、今は自分の意思を優先して口を開いた。

「うれしかったんだ……小宮が告白するって言ってくれたのは」

「……うん」

少し困った顔で、恵那が目を伏せる。

「だから、俺もちゃんとしたい」

瑛太がじっと見据えると、恵那は静かに目線を上げた。

「……」

「……」

横に真っ直ぐ結ばれた恵那の唇は、まだ困惑を含んでいる。それでも、ひとつ吐息をもらすと、「わかった」と呟いた。

「じゃあ、返事、聞く」

そう続けたときには、いつものからっとした恵那に戻っていた。

目は逸らさなかった。気持ちも真っ直ぐ恵那に向けた。

「俺さ、ずっと前から好きな人がいる。だから、ごめん」

「……うん」

消え入りそうな声でそう言って、恵那が俯く。泣き出しそうな湿った声。

「知ってたよ、そんなの……」

恵那の声は震えていた。ぎゅっと握った手も、何かを耐えようとする肩も、震えていた。きっと、心も……。だけど、恵那は顔を上げた。目の端に大粒の涙を溜めながら……。

「だって、そういうえーた先輩を、私は好きになったんじゃん」

そう言って、最後は笑ってくれた。

5

正午を過ぎると、さすがに校内から卒業式の余韻は薄れていった。別れを惜しんで残っていた卒業生のほとんどはようやく帰り、体育館の方からは式で使っていた椅子を一斉に片付ける騒音が響いている。

そんな中、瑛太はまだ学校に残っていた。

グラウンドに下りる階段に座り、スマホの画面を見ている。

少し前に、ＬＩＮＥが届いていた。夏目美緒から……。

「既読」はつけていない。だけど、内容はプレビュー画面で把握していた。

――これ見たら、中学裏手の丘にきて。話したいことある
瑛太も美緒に話したいことがある。

伝えたいことがある。

だけど、瑛太にはまだここでやり残していることがあった。

後ろから誰かの足音が近づいてくる。靴の踵を擦る音。そのリズムには聞き覚えがあった。

「夏目が捜してたってよ」

振り向くと、階段の上に陽斗が立っていた。

「森川が言ってた」

「知ってるよ」

それは今日に限ったことじゃない。受験が終わってからずっと。合格発表のあとでは、露骨と言われるくらいに、瑛太は美緒を避けていたから。意図的に。

何度かLINEで連絡もあった。それら全部を、「ちょっと今は」とか、「明日は予定あって」とか、曖昧な理由をつけて向き合うのを先延ばしにしてきた。

「なら、逃げてんじゃねーよ」

陽斗が階段を下りてくる。

「まだ勝ってないから」

立ち上がって、瑛太は陽斗に向き直った。言葉の意味がわからないのか、陽斗は怪訝な顔をしている。だから、今度はもっとはっきりと言ってやった。

「まだ陽斗に勝ってない」

最初、陽斗は驚いた顔をした。瑛太の真意を摑もうと、じっと瑛太の瞳を覗き込んでくる。気持ちが正しく伝わったのかはわからない。ただ、陽斗はしばらくそうしたあとで、どこか楽しそうに笑った。

「じゃあ、勝負だな」

負けねえぞ、と気合を入れてグラウンドに駆け出していく。

その背中を瑛太も追いかけた。

向かったのは、グラウンドの脇にある野球部の備品がしまわれている倉庫。その中から、バットとボール、グローブを取り出した。

瑛太はボール籠を持って、マウンドに向かおうとする。けれど、その背中を陽斗の声が呼び止めた。

「瑛太」

振り返ると、陽斗が真顔でバットを瑛太の方へ差し出している。

「今日は、瑛太がこっちな」

「なんで？」

「打てよ、ホームラン」

じっと瑛太を見据える陽斗の瞳に力が込もっていた。言葉に挑発的な色が含まれている。

「……」

ボール籠を下ろすと、瑛太は陽斗に一歩近づいて、グローブを胸元に押し付けた。代わりに、バットを受け取る。グリップを力強く握って、バッターボックスまでゆっくり歩いた。

手書きのホームベースとバッターボックス。なんともチープだけれど、文句はひとつもなかった。中学の頃は、陽斗とよくこうして勝負をした。そのときは、瑛太がバッターで、陽斗がピッチャーだったこともある。

握ったバットの感触を確かめながら、素振りを一回、二回、三回と力強く繰り返した。

準備が済むと、バッターボックスに入って、足元を靴で蹴って固めた。砂利で滑らないかを確認する。何度かそうやって納得がいくと、大きく息を吐いてから、瑛太はバットを構えた。

マウンドで待っていた陽斗を視界に入れる。

「……」

「……」

ふたりの間に言葉はなかった。

プレイボールの合図がなくても、お互いに準備が整ったことはわかっている。だから、陽斗は大きく振りかぶると、全力のストレートを投げ込んできた。

ボールの軌道を目で捉えて、フルスイングする。

「っ！」

でも、バットにはかすりもしないで空振りした。手書きのホームベース上を通過して後方に転がったボールを振り返る。ふうっと息を吐いて呼吸を整えてから、瑛太はバットを握り直して構えた。

さっきと同じフォームで陽斗は速球を投げ込んでくる。

コースはほぼど真ん中。

狙いを定めてバットを振り抜く。ボールを捉えた感触が、手のひらに振動となって伝わってきた。手応えはあった。だけど、完全に振り遅れている。低空のライナーになった打球は一塁線を鋭く切れた。ファールだ。

これで、ツーストライク。追い込まれた。追い込まれたのに、瑛太の心に焦りの感情は少しもなかった。ただ次のボールに集中していた。集中しながら、頭の中の冷静な部分で、こんなことをしている自分を笑っていた。

福岡からの引っ越しが決まったときには、こんな風になるなんて想像していなかった。何もないと思っていたから……。

この街で通う高校はただ卒業だけすればいい。何も問題は起こさずに、季節外れの転校生だから、変に目立たないようにして……。

新しい生活は大学からはじめればいいと思っていた。高校は通り過ぎるだけ。なのに、今日までの二ヵ月足らずの期間はあまりに濃密だった。

まさか会うとは思っていなかった相馬陽斗と再会した。

片想いをしたまま、もう会うことはないと思っていた夏目美緒とも再び会えた。

何もないと思っていたのに、この短い期間に、様々な感情と瑛太は巡り合った。そのおかげで、推薦が決まっているのに必死に受験勉強をして、願書を出して、お年玉で受験料を払って、そのくせ不合格なんていうかっこ悪い真似までするはめになったのだ。

一打席勝負で陽斗に負けたのが悔しくて、今日まで毎日走って体だって鍛え直してきた。とっくにやめた野球に対して、こんなにもムキになっている。陽斗に勝ちたいと、本気で思っている。

そんな自分をおかしく思う。かっこ悪いことをしていると思う。こじらせているとさえ思った。だけど、後悔はひとつもない。こんな自分をちょっとだけ好きになれている。全部全力でやることができたから。今も本気で打席に立っているから。

あの日、できなかったこと。あの日、言わなかったこと。やろうとしなかったこと。言おうとしなかったこと。そういうのすべてをやり遂げようと思える自分になれた。

自分の気持ちに、自分なりに正直になれた。

陽斗に勝ちたい。

美緒に想いを届けたい。

だから、この街に帰ってきてよかったと、瑛太は心の底から思えていた。

マウンドに足をかけた陽斗が大きく振りかぶる。

腕を思い切り振って、渾身のストレートを投げ込んできた。

ストライクゾーン高め。真っ直ぐボールが走る。風を切る音が聞こえた。

瑛太のやることはひとつだけ。想いのままフルスイングすること。グリップを握る両手に力が入る。軸足に重心を残して、バットを力いっぱい振る。

次の瞬間、カキーンという、一発の快音に世界は染まった。

瑛太のバットがボールを真芯で捉え、白球を大空高く舞い上げたのだ。

遠く。

ぐんぐん遠くに白球は飛んでいく。青白い空に溶け込むように、どこまでも飛んでいく。果てしない大飛球。超特大の場外ホームラン。

ボールの軌跡を見失ってしまった。

呆けたまま立ち尽くしていると、陽斗がマウンドから何か叫んでいる。校門の方を指差して、「いってこい！」と瑛太に激を飛ばしていた。

どこへ。

誰のもとへ。

考えるよりも先に、バットを放り出した瑛太は全力で走り出していた。

彼女が待つその場所へ。

6

モノレールが街の中心を南西から北東へ通り過ぎていく。誰かをこの街に連れてきて、誰かをこの街から連れていく光。

昔、美緒が通っていた中学裏手の丘からは、この街の様子を遠くに眺めることができた。

好きな街並みで、好きな場所。

だから、泉瑛太に送ったLINEには、ここに来てほしいと書いた。この場所で全部伝えようと思ったから。

もう三月なのに、今日は極端に気温が低くて風が冷たい。

乱れた髪を、美緒はかじかんだ手で押さえて直した。

スマホを確認する。開いているのはLINE画面。瑛太に送ったメッセージ。

——これ見たら、中学裏手の丘にきて。話したいことある
未だに「既読」にならない。未読のまま……。

「来ないか……」

そう諦めかけたとき、スマホに電話の着信があった。

でも、かけてきたのは彼じゃない。早苗だ。

「もしもーし」

スマホを耳に当ててそう呼び掛ける。

「あ、美緒？　もうみんな集まってるよ、ほら」

電話の向こうからは、カラオケで盛り上がるクラスメイトの声が聞こえてきた。卒業打ち上げというか、卒業パーティーをしようと、クラスの有志で約束したのだ。

「美緒も早くきなよー」

テンションの高い桃花の声が割り込んでくる。

「待ってるよ〜」

今度は真由子だ。

「うん」

そう返事をすると「あとでね」と言って向こうから電話は切れた。

中学裏手の丘にいるのは、美緒ひとりだけ。

誰かが来る気配はない。

次のモノレールがやってきたのを切っ掛けにして、美緒は大好きなその場所から立ち去った。

白い息だけを残して。

Chapter 8

Get set, go!

湘南深沢駅のホームに上がると、瑛太の体を風が吹き抜けていった。

あたたかい風。でも、少し荒っぽい春の風。

その中に、瑛太は海の気配を感じた。ほんのり潮の香りが混ざっている。

今日は南風だ。

そんなことを思いながら、瑛太は誰かを探すようにそれとなくホームの様子を見回した。待ち合わせの約束があるわけでもないのに……。

大学の二限目の授業に向かおうとしている午前九時半。

通勤通学の時間帯を過ぎたホームに、人影は少ない。小さな子供を連れた若いお母さん。杖を持ったおばあさんがベンチにじっと座っている。あとはスーツ姿の男性がひとりと、ジャージでどこかに行こうとしているおじさんだけ。

瑛太の視線が無意識に探した彼女の姿はどこにもない。

自分の行動の意味にあとから気づいて、瑛太は心の中で苦笑いをもらした。

あの日から、ずっとこんなことを繰り返している。

柏尾川高等学校を卒業したあの日から、あのときから……。

近所のコンビニに出かけるときも、休日にバスで藤沢に行くときも、大学に向かうときも、大学から帰ってきたときも、この街のどこかで彼女とばったり遭遇する偶然を、瑛太は期待していた。

あの日……卒業式のあとで、夏目美緒とは会えなかったから。せっかく、陽斗との一打席勝負でホームランを打ったのに。彼女が指定してきた場所……中学裏手の丘に、瑛太が駆けつけたとき、そこに夏目美緒の姿はなかった。

当然、その場で彼女にLINEを送った。

——ごめん。行くの遅れた。今、ついた
でも、いつまで待っても「既読」はつかなかった。

何もないまま、三月は終わって四月になった。冬の寒さは遠ざかり、あたたかい春になった。瑛太は大学生になった。

新しい生活に慣れるのに必死で、流されるように一日一日が過ぎていく。大学に入学して、早くも一ヵ月が経とうとしている。四月の終わり、ゴールデンウィークの直前。

それなのに今もまだ、あの日彼女に送ったLINEは未読のままだ。

「……」

その事実を、今日も自分の目で確認すると、瑛太はため息をついてスマホをズボンのポケットにしまった。ホームに入ってきたモノレールに乗車する。

モノレールと電車を乗り継いで約一時間かかる大学への通学路。最初は慣れるわけがないと思っていたけれど、四月も終わりに近づいた今は、これが瑛太にとっての新しい日常に変わっている。

進学したのは上叡大学。推薦で合格をもらっていた大学だ。一般受験で受けた翠山学院大学は不合格だったから、通いたくても通えるわけがなかった。

座れるときは寝ながら大学に向かい、座れなかったときはスマホをいじって時間を潰す日々。

卒業して以降は、水族館に行ったメンバーで作ったLINEのグループに書き込みはなかった。それぞれが四月から新しい生活をスタートさせている。この場合、便りがないのはそれぞれがそれぞれの場所で上手くやっている証拠なんだと思う。

陽斗とだけは、頻繁にやり取りが続いていた。昨日は「森川の言った通りだったわ。仕事慣れるまで、全然余裕ねえ」と仕事の大変さなのか、のろけなのかわからない話を聞かされた。宣言通り、陽斗は葉月とちゃんと連絡を取っているらしく、「夏休みはこっち帰ってくるってさ。そんときみんなで会おうぜ」と、数日前に言われている。瑛太がはっきりしない態度を取っていると、「夏までに、どうにかしとけよ」と、釘を刺されてしまった。陽斗の言葉からは「何を」の部分が抜けていたけれど、そこはあえて言わないでいてくれたのだと思う。言わなくてもわかる話だから。彼女の話だから。

できることなら、瑛太としても夏目美緒とのことはどうにかしたい。夏とは言わずに、今すぐにでも……。だけど、明らかに避けられている。

彼女は意識的に「既読」を付けないようにしているとしか思えなかった。

「瑛太」

大学に着くと、知った顔に声をかけられた。教室に向かう途中にある学食の前。

「よっ」

テンション高く駆け寄って来たのは、福岡の高校で一緒だった仲のいい友人の中嶋だ。学科は違うけれど、一般受験で合格して、春からこっちに来ている。

「なんか瑛太んとこ、二限休講だってよ。掲示板に出てた」

中嶋が指差したのは、学食が入っている建物のすぐ横。わざわざ見にいかなくても、スマホで学生ページを確認すればわかる。

確かに、瑛太が取っている一般教養の講義は、教授が海外のシンポジウムに参加して不在のため休講と書いてあった。

そう言えば、先週の講義の終わりに言っていた気がする。

「どうせ、午後にも授業あるからいいよ」

まだ一年生のうちは授業も結構びっしりある。

「俺も今日四限まで。終わったら新歓いかね？　ワンゲルサークルだって」

「いい。興味ない」

「つまらん男ばい。大学生活楽しまんと」

「あんま、はめ外すなよ」

「気が変わったら、あとで連絡くれな」

来たときのテンションのまま、中嶋は「講義いくわ」と手を振って離れていく。

休講になった以上、教室に行っても仕方がない。だらっとキャンパス内を散策しようと思い、瑛太はひとり歩き出した。

大学の広い敷地内には、入ったことのない施設がまだまだたくさんある。

なんとなく足を向けたのは、大学の中心を通る桜の並木道。

ゴールデンウィーク間近の時期でも、咲きはじめるのが遅かった今年の桜は、半分くらい花をつけていた。風がなくても、はらはらと花びらが舞い落ちている。自然と足を止めた瑛太は、スマホを出して一枚写真を撮った。

散り際の桜の写真。

フレームの中に、切り取られた風景には、なかなかの見応えがある。

ただ、少し物足りなさを瑛太は感じていた。

せっかく撮った写真も、見せる相手がいない。見せたい相手が側にはいなかった。

未練がましく、瑛太はＬＩＮＥ画面を開いた。

指で触れたのは「美緒」の名前。

やり取りは、瑛太の書き込みを最後に止まったまま。卒業式から時間は停止している。

——ごめん。行くの遅れた。今、ついた
何度見ても、「既読」は付かない。

毎日確認しても、未読のままだ。

それはこの瞬間も変わらない。

これから先も「既読」にはならないかもしれない。

そんな風に思った瞬間、LINE画面に変化があった。「既読」が付いた。

「っ⁉」

声にならない驚き。手から滑ってスマホを落としそうになる。心臓がばくばくと活発に動き出した。痛いくらいに脈打っている。

どうして、今なんだろう。

どうして、二ヵ月近くも放っておかれたんだろうか。

どうして、あの日……。

わからないことも、知りたいこともたくさんあった。

だけど、考えてもはじまらない。今、必要なのは行動すること。緊張する指でスマホを操作して、瑛太は新しいメッセージを書いた。

――そっちの大学、どう？

彼女が第一志望に合格したことは知っている。発表の当日に、グループLINEで教えてくれた。みんなが彼女を祝福して、瑛太も「おめでとう」のスタンプを送った。

「……」

送信ボタンに触れようとした指が、直前で止まる。

また「既読」が付かないかもしれない。返事はこないかもしれない。自分の中の憶病な気持ちが顔を出して、送信するのを一度だけ躊躇った。

だけど、それがどうしたと自分を笑い飛ばして、瑛太は送信ボタンに触れた。

すぐに「既読」になる。返事も来た。

――楽しいよ。泉の方は？

瑛太はさっき撮った桜の写真をふたりのやり取りに貼りつけた。そのあとで、「大学はふつう」と書いておく。

――見るからにそんな感じだね
それが彼女からの返事。疑問が頭を過る。「見るからに」とはどういうことだろうか。

すると、ＬＩＮＥ画面に一枚の写真が貼りつけられた。

どこかで見たことのある景色。半分くらい散ってしまっている桜並木の下には、少し猫背の男子大学生の背中が写っている。

瑛太も持っているリュックに、瑛太も持っている洋服。それもそのはずだ。写っているのは瑛太本人なのだから。

驚きと確信を胸に、ゆっくり振り返る。

十歩くらい後ろに、彼女がいた。

悪戯が成功したみたいな顔をして笑っている。

「泉を追いかけてきたわけじゃないから。教育系はこっちの方が有名でしょ?」

聞いてもいないことを、彼女は楽しそうな声で教えてくれた。

言いたいことは、いっぱいあった。

話したいことは、いっぱいあった。

聞きたいことだって、いっぱいあったはずだった。

でも、彼女を前にしたら、伝えたいことしか瑛太の中には残っていなかった。

あの日、言えなかった言葉。あの日、伝えたかった大事な想い……。

「俺、夏目のことが好きだ」

並木道に風が吹く。少し強めの風。桜の花びらが舞い散り、ふたりに降り注ぐ。

「あたしも、泉のこと――」

桜吹雪の風の中、彼女はくすぐったそうにはにかんだ。

鴨志田一 著作リスト

Just Because!（メディアワークス文庫）
神無き世界の英雄伝（電撃文庫）
神無き世界の英雄伝②（同）
神無き世界の英雄伝③（同）
Kaguya ～月のウサギの銀の箱舟～（同）
Kaguya2 ～月のウサギの銀の箱舟～（同）
Kaguya3 ～月のウサギの銀の箱舟～（同）
Kaguya4 ～月のウサギの銀の箱舟～（同）
Kaguya5 ～月のウサギの銀の箱舟～（同）
さくら荘のペットな彼女（同）

さくら荘のペットな彼女2（同）
さくら荘のペットな彼女3（同）
さくら荘のペットな彼女4（同）
さくら荘のペットな彼女5（同）
さくら荘のペットな彼女5.5（同）
さくら荘のペットな彼女6（同）
さくら荘のペットな彼女7（同）
さくら荘のペットな彼女7.5（同）
さくら荘のペットな彼女8（同）
さくら荘のペットな彼女9（同）
さくら荘のペットな彼女10（同）
さくら荘のペットな彼女10.5（同）
青春ブタ野郎はバニーガール先輩の夢を見ない（同）
青春ブタ野郎はプチデビル後輩の夢を見ない（同）
青春ブタ野郎はロジカルウィッチの夢を見ない（同）
青春ブタ野郎はシスコンアイドルの夢を見ない（同）
青春ブタ野郎はおるすばん妹の夢を見ない（同）
青春ブタ野郎はゆめみる少女の夢を見ない（同）
青春ブタ野郎はハツコイ少女の夢を見ない（同）

本書は「ダ・ヴィンチ」二〇一七年一〇月号〜一二月号の連載に、
書き下ろしを加えたものです。

メディアワークス文庫

Just Because!

鴨志田 一

2017年11月25日　初版発行

発行者　郡司 聡
発行　株式会社KADOKAWA
〒102-8177　東京都千代田区富士見2-13-3
プロデュース　アスキー・メディアワークス
〒102-8584　東京都千代田区富士見1-8-19
電話03-5216-8399（編集）
電話03-3238-1854（営業）
装丁者　渡辺宏一（有限会社ニイナナニイゴオ）
印刷・製本　旭印刷株式会社

Printed in Japan
ISBN978-4-04-893384-1 C0193

メディアワークス文庫　http://mwbunko.com/
株式会社KADOKAWA　http://www.kadokawa.co.jp/

本書に対するご意見、ご感想をお寄せください。

あて先
〒102-8584　東京都千代田区富士見1-8-19　アスキー・メディアワークス
メディアワークス文庫編集部
「鴨志田 一先生」係